Über dieses Buch Zahlreiche Märchen und Mythen haben den Menschheitstraum vom Fliegen zum Inhalt. Er war lange vor seiner technischen Verwirklichung auf der ganzen Erde verbreitet. Legendäre Flüge kommen bereits in den Überlieferungen der alten Hochkulturen vor. Luftfahrten stehen oft in einem kosmologischen Zusammenhang, denn durch Flüge kann die Distanz zwischen Erde und Himmel überbrückt werden. Vom Besuch im Himmel über die Erkundung ferner Gegenden bis zur Heimholung der Geliebten – schwierige Probleme werden »im Flug« gemeistert. Die von den Herausgebern zusammengestellte Sammlung beinhaltet Flug-Märchen und Mythen vom Fliegen aus aller Welt.

Im Nachwort erläutern sie das breite Spektrum dieses Menschheitstraumes.

Über die Herausgeber Constance Ott-Koptschalijski studierte Germanistik und Geschichtswissenschaft (M.A.) in Wien. Sie unterrichtet an einem Gymnasium und schreibt an ihrer Dissertation zur ›Flugmotivik in der Literatur des Mittelalters‹. Sie edierte 1988 das Buch ›Märchen vom Fliegen‹.

Wolfgang Behringer studierte Geschichte und Germanistik in München. Er promovierte 1985 mit einer Dissertation über ›Hexenverfolgung in Bayern‹ und forschte über Historische Kriminologie in der Frühen Neuzeit. Er veröffentlichte u. a.: ›Hexen und Hexenprozesse in Deutschland‹ (1988).

Märchen und Mythen vom Fliegen

Herausgegeben von
Constance Ott-Koptschalijski und
Wolfgang Behringer

Fischer
Taschenbuch
Verlag

Für Nathalie

Originalausgabe
Veröffentlicht im Fischer Taschenbuch Verlag GmbH,
Frankfurt am Main, November 1989

Lektorat: Monika A. Weißenberger
Umschlaggestaltung: Thomas & Thomas Design, Heidesheim
Satz: Fotosatz Gutfreund, Darmstadt
Druck und Bindung: Clausen & Bosse, Leck
Printed in Germany
ISBN 3-596-22904-0

Inhalt

Schamanenflug und Himmelsreise

Zaubermärchen und Schamanentum haben viele Motive gemeinsam. Besonders auffällig ist die Fähigkeit der Schamanen, sich aus eigener Kraft in die Lüfte zu erheben, in die Unterwelt oder in den Himmel zu reisen. Fliegen war ein göttliches Attribut oder bildete den Gipfel magischer Künste. Das Christentum kennt die Frontstellung zwischen Simon Magus und Jesus Christus. Erzählungen von zauberischen Himmelsreisen gehören zum klassischen Repertoire zahlreicher Kulturen, die in vielen Abwandlungen dargeboten werden.

Mythologische Darstellung eines Flugversuchs mit Vogelschwingen

Der Wettstreit der Zauberer

Es war einmal ein Dorf von siebenhundert Zelten. In dem siebenhundertsten Zelt stritten sich die Kinder, sie spielten und stritten sich. Einige sagten: »Bei uns gibt es einen besseren Zauberer.«

Die anderen aber: »Bei uns gibt es einen besseren.«

Als sie sich so stritten, fingen auch die Zauberer selbst an, sich im Zelt zu streiten. Sie stritten und stritten, indem jeder sich für den besseren hielt. Endlich sagte der eine von den beiden: »Der ist ein rechter Zauberer, der den Mond auf die flache Hand stellen kann.«

»Das kann niemand«, meinte der andere.

»Das kann ich«, sprach der erste.

»Zeige, daß du es kannst«, erwiderte der andere.

Da stellte der Zauberer den Mond auf die flache Hand. Als nun der Mond auf seiner flachen Hand lag, wurde es in dem Zelt kalt, so kalt, daß die Leute sich davor nicht schützen konnten. Sie entzündeten ein Feuer nach dem andern, sie hüllten sich in ihre Pelze, aber dennoch froren sie. Da bat der schlechtere Zauberer den besseren, daß er den Mond wieder an den Himmel stellen möge, was der auch tat.

Wiederum fingen die Zauberer an, sich zu streiten. Der schlechtere Zauberer hielt sich immer noch für ebensogut wie der, der den Mond auf seine flache Hand gezaubert und wiederum an den Himmel gestellt hatte. Der bessere Zauberer sprach: »Keiner ist ein Zauberer, der nicht die Sonne auf die flache Hand stellen kann.«

»Und das kannst du?« fragte der andere.

»Das kann ich«, sagte der bessere Zauberer und stellte sogleich die Sonne auf die flache Hand.

Da aber wurde es so heiß im Zelt, daß die Leute fast vor Hitze umkamen. Der schlechtere Zauberer bat den besseren, die Sonne wieder an den Himmel zu stellen. Da stellte der bessere Zauberer die Sonne wieder an den Himmel und sagte zu dem schlechteren: »Laß uns zu Gänsen werden und so eine Zeitlang leben.«

Gesagt, getan, die beiden Zauberer wurden zu Gänsen und flogen fort, weit fort bis nach Nowaja Semlja. Dort errichtete jeder sein Zelt; der bessere verfertigte sein Zelt aus Tuch, der schlechtere aus Rentierschädeln.

Als der Frühling kam, sprach der schlechtere Zauberer: »Wir wollen Weibchen sammeln wie die anderen Gänse.«

»Das taugt nichts«, antwortete der bessere, »denn sammeln wir Weibchen, so bekommen wir Junge, und haben wir Junge, dann fängt man uns. Nein, laß uns weiter fortfliegen, denn bald verlieren wir unsere Flügel, und diese Stelle hier ist nicht sicher.«

So flogen sie denn fort und kamen zu einem Fluß, der voll von Gänsen war. Die Gänse hielten Tag und Nacht Wache. Jede von ihnen mußte, wenn die Reihe an sie kam, wachen. Nun kam die Reihe an einen der beiden Zauberer, an den, der sich ein Zelt aus Rentierschädeln gebaut hatte. Als er auf der Wache stand, kam ein einäugiger Samojede, um zu jagen. Er hatte einen Hund bei sich, der auf drei Füßen lief. Der Hund trieb die Gänse, er trieb sie und erlegte viele. Der Samojede folgte ihm und sammelte die Gänse, die der Hund erbeutet hatte. Nun wollte der Hund, der die Gänse trieb, den schlechteren Zauberer packen und biß ihn in den Schnabel. Doch der bessere Zauberer, der ein Stück voraus war, kehrte um und befreite seinen Gefährten. Dreimal griff der Hund den schlechteren Zauberer an, dreimal befreite ihn der bessere. Der Hund trieb die Gänse immer weiter und weiter, der

Fluß ward schmaler und schmaler und endlich so flach, daß die Gänse nicht mehr untertauchen konnten.

»Wir sind verloren«, sagte der schlechtere Zauberer, »was sollen wir tun? Hier können wir nicht untertauchen, und wenn wir ans Land gehn, dann vermögen wir nicht, mit dem Hunde um die Wette zu laufen.«

Der bessere Zauberer erwiderte: »Laß es uns versuchen; das Land ist nicht groß. Wir kommen bald zum Meer, und dort gibt es eine Insel, dahin wollen wir unsern Lauf richten.«

Da fingen sie an, auf dem Boden zu laufen, liefen über das Land, schwammen über den Sund und kamen zur Insel. Hier fing der schlechtere Zauberer an, Gras zu essen, der bessere aber Moos. Der Schlechtere sprach zu dem Besseren: »Du mußt Gras essen, damit deine Flügel wachsen und wir von hier fortkommen. Siehst du, wie groß meine Flügel schon gewachsen sind, und du hast gar keine. Bald fliege ich fort und muß dich hier lassen.«

So sprach der Schlechtere, der Bessere aber fuhr fort, Moos zu essen. Seine Flügel wuchsen nicht, der Schlechtere aber bekam vollwüchsige Flügel und flog davon. Er flog auf eine andere Insel und verwandelte sich dort in eine Taucherente. Da kamen Kinder herbei und schlugen ihn tot.

Als der schlechtere Zauberer fortgeflogen war, fing der bessere an, Gras zu essen, und seine Flügel wuchsen sofort klafterlang. Dann flog er wieder in seine Heimat und lebte dort als Mensch.

[Eskimo-Märchen]

Die wunderbaren Flüge des Angákerduak

Im inneren Gebiet des Sermilik-Fjords lebte ein Mann, der ein großer Angakok war. Er hieß Angákerduak und war berühmt für seine mächtigen Flüge, die er bis in die helle Frühlingszeit fortsetzen konnte und die ihn weit, weit herumbrachten. Die Leute, die auf den Wohnplätzen wohnten, dort, wo der Sermilik-Fjord ins Meer mündete, waren oft Zeugen von Angákerduaks Flügen. Man sah dann über dem Land einen dunklen Punkt mit einem langen Feuerschweif und dahinter verschiedene andere dunkle Punkte, die ebenfalls hinten Funken sprühten. Das war Angákerduak mit seinen Hilfsgeistern. Wenn die seltsame Schar nicht zu weit fort war, konnte man deutlich die Personen von den Funken unterscheiden.

Als es wieder Herbst wurde und man ins Winterhaus gezogen war, startete Angákerduak zu einem Geisterflug. Er flog den Sermilik-Fjord hinauf, und als er lange genug über das Inlandeis geflogen war, sichtete er ein großes Wasser. Unter ihm erstreckten sich zwei tiefe Fjorde, und da entschloß er sich, dem rechten zu folgen. Als er über eine breite Stelle flog, sah er von oben Licht, das von einem Wohnplatz am Ende des Fjords kam. Angákerduak schwebte nun auf den Ort zu, wo nur wenige Häuser standen, aber als er sich von mehreren Menschen entdeckt fühlte, die dort unten herumliefen und kleine bärenähnliche Tiere mit dünnen Beinen zum Wohnplatz trieben, beschleunigte der Angakok seine Fahrt wieder und stieg höher.

Dann setzte er sich auf der anderen Seite des Wassers genau gegenüber dem Wohnplatz auf den höchsten Gipfel. Und von dort hatte er einen Überblick über das Land, über das er gerade geflogen war. Aber die Gegend war ihm völlig fremd. Er kannte nicht einen einzigen Berg. In der Ferne, an der Mündung des Fjords, sah er Licht von mehreren Wohnplätzen. Von dem Berggipfel flog er direkt nach Hause. Und seit diesem Flug konnte er nicht mehr die fremden Wohnplätze vergessen, die er an dem großen Fjord gesehen hatte.

Der Frühling kam schnell. Die Zeit war nicht so recht für Geisterflüge geeignet, die am besten in der dunklen Zeit des Jahres durchgeführt werden können. Aber gerade jetzt konnte sich Angákerduak nicht mehr beherrschen. Er wollte den großen Fjord jenseits des Inlandeises erforschen.

Bald befand er sich auf dem Weg und flog dabei dieselbe Strecke wie beim letztenmal. Er schwebte auf den Fjord hinunter, diesmal in der Nähe der Mündung, wo er glaubte, etwas Ungewöhnliches gesichtet zu haben. Ja, da war Leben, ein mächtiges Weißwalfangen. Da sich Angákerduak sicher war, daß niemand ihn entdecken würde, setzte er sich auf einen Stein, nicht weit von der Bucht entfernt, in der der Fang stattfand.

Genau unter ihm befand sich ein Schwarm Kajaks – nicht weiter fort als einen guten Steinwurf. Er selbst saß nordwestlich von der Bucht und konnte das Jagdrevier gut überblicken. Wenn die Kajaks auf die Wale zufuhren, schäumte das Wasser nur so, und er konnte beobachten, wie viele Weißwale im großen Bogen auf den schlammigen Strand fielen.

Angákerduak hatte noch nicht lange auf dem Stein gesessen, als jemand rief: »Da sitzt ein Mensch auf dem Berg!«

So war weiter nichts zu tun, als sich zu erheben und nach Hause zu fliegen. Bei seiner Rückkehr erzählte er dann allen Leuten seine wunderbaren Erlebnisse.

[Eskimo-Märchen]

Geiramma, die Brahmanentochter

Es lebten einstmals in einer Stadt ein König und eine Königin. Nachdem ihnen ihr erster Sohn geboren war, beschlossen sie, sich fernerhin keine Kinder mehr zu wünschen, damit das Reich nur einen Erben hätte und somit zusammengehalten würde. Während der nächsten zehn Jahre wurde ihnen auch kein Sohn mehr geboren. Jedoch, die Königin ward bald sehr traurig und sagte eines Tages zu ihrem Gemahl: »Es ist doch eigentlich recht schade, daß wir nur einen einzigen Sohn besitzen. Wenn dieser uns krank wird und stirbt, werden wir gar keinen Erben und Nachfolger haben. Es wäre vielleicht doch besser, wir brächten recht viele Opfer und spendeten den Armen Gutes, damit die Götter uns gnädig gestimmt werden und uns noch einen oder zwei Söhne schenken.«

Der König war mit dem Vorschlag seiner Gattin einverstanden und ließ sogleich den Hungernden Reis, den Dürstenden Milch und Buttermilch und den Unbekleideten neue Tücher schenken.

Die Götter nahmen ihr Opfer an und erhörten ihre Gebete. Sie schenkten ihnen abermals einen Sohn, der schön war wie die leuchtende Sonne. Allein, unmittelbar nach seiner Geburt starb der König und wenige Minuten darauf auch die Königin. Und so übernahm eine Tante die Pflege und Erziehung des Kindes. Jeden Morgen kam eine Amme, und jeden Nachmittag kam eine Amme, das Kind zu säugen. Als der Prinz drei Monate alt wurde, begann er ununterbrochen zu weinen. Die Ammen legten ihn in ein großes Tuch, das sie an einem Türhaken befestigten, und schaukelten ihn leise hin und her, um ihn zu beruhigen, allein, der Knabe wollte nicht aufhören zu weinen.

»Sei ruhig, mein Liebling!« sagte die Amme leise und sang ihm ein Liedchen, »du sollst alles haben, mein Liebling, eine schöne Frau, die so schön ist wie der Mond, oder eine Frau, die, wenn sie einen Stein berührt, ihn in Gold oder wenn sie Erde berührt, diese in Getreide verwandelt.«

Nach solchen Worten pflegte dann der Kleine nach und nach ruhig zu werden.

Als der junge Prinz das Knabenalter erreicht hatte, schickte man ihn zur Schule. Eines Tages geriet er in Streit mit einem seiner Kameraden, dem Sohne eines Schreibers. Es fielen heftige Worte.

»Du bist eine Hexe«, schrie der Sohn des Schreibers, »du hast bei deiner Geburt deinen Vater und deine Mutter gefressen.«

Der junge Prinz erschrak so heftig über diese furchtbaren Worte, daß er schell davonlief, um seine Amme darüber zu befragen. Unterwegs kam er an einer Höhle vorbei, er kroch hinein und blieb still liegen, nur sein Herz pochte vor Aufregung.

Inzwischen wurde es Mittag, und im Schloß wartete schon alles ungeduldig auf das Erscheinen des Prinzen. Aber er erschien nicht, und man begann unruhig zu werden. Es wurden sofort alle Beamte des Landes zusammengerufen, und die Tante des jungen Königssohnes trat vor und sprach tränenden Auges: »Wer mir meinen Neffen wiederbringt, soll auf die rechte Schulter eine Stadt, auf die linke Schulter eine Stadt und auf das Haupt eine Stadt, also drei große Städte, als Geschenk erhalten. Geht, und ruft es im ganzen Lande aus!«

Sie selbst aber begann in höchster Trauer in der Nähe der Burg zu suchen. Da sah sie plötzlich aus einer Höhle zwei Beine herausragen. Erstaunt ging sie auf diese Höhle zu und erkannte sogleich die Beine ihres Neffen. Sie machte sich sofort daran, den Knaben an den Beinen herauszuziehen, da sie glaubte, er sei ermordet und sein Leichnam in die Höhle gesteckt worden. Während sie aber an seinen Beinen zog, ertönte weinerlich die Stimme des Knaben: »Zieh nicht so heftig, ich bin fest eingeklemmt, es zerreißt mir alles im Leibe!«

»Was ist denn geschehen?« schluchzte die Tante, »was tust du denn in diesem Loch? Sag' mir doch, wie ich dir helfen kann!«

»Oh, Mutter«, fuhr der Knabe fort, »man hat mich geschmäht in der Schule, ich sei eine Hexe und hätte bei meiner Geburt meinen Vater und meine Mutter gefressen. Mein Herz ist voll tiefster Trauer. Als ich früher so traurig war, als Kind von drei Monaten, was hattest du mir damals versprochen? Du mußt jetzt dein Wort einlösen, denn zur Schule gehe ich nie wieder.«

»Es ist lange her«, sagte die Tante, »ich weiß nicht mehr, was ich dir damals versprach, doch wenn du es noch weißt, dann sage es mir!«

Der Knabe entgegnete: »Du versprachst mir damals eine Frau, die durch die Berührung ihrer Hand Steine in Gold und Erde in Getreide verwandeln könnte. Jetzt ist es Zeit, daß du dein Versprechen erfüllst. Wenn du es tust, werde ich weiter leben, tust du es aber nicht, dann werde ich nicht mehr leben.«

Die Alte erwiderte: »Wenn es weiter nichts ist, mein Kind, dies will ich dir gerne erfüllen.«

Darauf zog sie den Knaben aus der Höhle und nahm ihn mit sich. Sie berief sofort eine Ratsversammlung ein und beratschlagte mit den Großen, was zu tun sei. Sie kamen bald dahin überein, bei dem im Nachbarland wohnenden Onkel, der eine wunderschöne Tochter hatte, um deren Hand für den Prinzen zu bitten. Nachdem man noch beschlossen hatte, daß die Hochzeit bereits am nächsten Tag stattfinden sollte, ging man befriedigt auseinander.

Bei Sonnenaufgang machten sich am nächsten Morgen die Großen des Landes mit einem prächtigen Gefolge auf und zogen zu der Burg des Onkels, um ihn um die Hand seiner schönen Tochter für den Prinzen zu bitten. Der Onkel nahm die Werbung erfreut auf, und man ließ sogleich alles zum Hochzeitsfest rüsten. Herrlich geschmückt erschien alsbald die junge Braut vor dem Prinzen, um der Sitte gemäß die goldene Halsschnur von ihm umgelegt zu bekommen. Doch bevor der Prinz diese Handlung vornahm, sagte er zu der Prinzessin: »So schnell kann ich dir die Schnur nicht umlegen, siehe, ich habe in der Hand einen Stein, nimm ihn und fasse ihn an!«

Die Prinzessin tat, wie ihr geheißen, allein, der Stein blieb Stein und verwandelte sich nicht unter ihrer Berührung in Gold. Der Prinz ergrimmte heftig darüber, verweigerte die Heirat und ging mißmutig und traurig zurück auf seine Burg. Zornig rief er noch seiner Tante zu: »Ich werde nur die Frau heiraten, die du mir versprochen hast!«

Darauf verschwand er in seinen Gemächern.

Die Tante berief daraufhin abermals eine Versammlung ein und befahl schließlich, daß einige Abgesandte nach Osten und Westen, nach Süden und Norden ziehen sollten, um eine Frau zu finden, die die genannten Eigenschaften hätte. Zur Belohnung versprach sie dem Finder drei herrliche Städte.

Die Boten machten sich sogleich auf den Weg, jeder in der Richtung, die ihm vorgeschrieben war. So durchforschten sie das ganze Land, aber eine Jungfrau, die den Wünschen des Prinzen entsprach, vermochte keiner zu finden. So kehrten nach langen, beschwerlichen Wanderungen drei von ihnen unverrichteter Dinge zurück. Sie waren kaum wiederzuerkennen, denn ihre Bärte waren lang gewachsen und vom Alter weiß geworden. Der vierte Bote, der nach Norden gezogen war, konnte am selben Abend wie die anderen die Burg nicht mehr erreichen und kehrte deshalb in einem nahegelegenen Dorf ein, um dort die Nacht zu verbringen. Ein dort wohnender Brahmane wollte ihn für gutes Geld beherbergen und ihm Reis zu essen geben. Er rief seine Tochter Geiramma herbei und befahl ihr, alles für den Fremden herzurichten. Als aber der Vater seiner Tochter das erhaltene Kupfergeld überreichte, bemerkte der Bote, daß sich das Kupfer in ihren Händen in pures Gold verwandelte. Der Bote ließ sogleich sein Essen stehen und eilte in höchster Freude der königlichen Burg zu. Er ließ sich sofort vor den Prinzen bringen und erzählte ihm in höchster Aufregung alles, was er bemerkt hatte, und fügte hinzu, jenes Mädchen müßte die rechte Braut für den Prinzen sein.

Man richtete darauf sofort eine prächtige Sänfte her, rief Träger aus dem Dorfe zusammen und befahl ihnen, sofort den alten Brahmanen herbeizuholen. Im Hause des Brahmanen aber herrschte große Aufregung darüber, daß der Gast so schnell verschwunden war und sogar seine Sachen und Kleider zurückgelassen hatte. Man fürchtete schon, daß er aus irgendeinem, ihnen noch unbekannten Grund, sie beim Könige verklagen würde. Während sie noch ängstlich sich beredeten, erschienen plötzlich die Träger mit der prächtigen Sänfte und forderten den alten Brahmanen auf, einzusteigen und zum Könige zu kommen. Zitternd vor Furcht wandte sich der Brahmane an seine Tochter und fragte sie, was er machen solle. Geiramma suchte ihn zu trösten und sprach ihm Mut zu. Da er nun sah, daß er dem königlichen Befehl nicht widersprechen könne, bat er wenigstens die Träger, ihn zu Fuß gehen zu lassen, da es sich für ihn nicht gezieme, eine königliche Sänfte zu besteigen. Doch seine Bitten und Vorstellungen waren vergeblich. So stieg er denn in die Sänfte und stand in kurzer Zeit vor der königlichen Versammlung im hellerleuchteten Königssaal. Er verbeugte sich tief vor der Königin und sprach: »Unbekannt ist mir der Grund meines Hierseins, aber, was immer auch ihr über mich verfügen möget, ich bin euer gehorsamer Diener.«

»Das ist billig und recht«, sagte die Königin, »du hast eine Tochter, Geiramma mit Namen, sie ist von uns erkoren, die Frau des jungen Prinzen zu werden. Darum eile schnell nach Hause und bringe deine Tochter hierher, denn die Hochzeit soll sogleich vollzogen werden.«

Über diese Worte auf das höchste verwundert, erwiderte der Brahmane: »Ich werde sogleich zu meiner Tochter zurückkehren und sie fragen, ob sie den Prinzen zum Gemahl haben will. Es würde meinem Hause eine große Ehre sein, und ich rechne bestimmt darauf, daß meine Tochter in die Heirat einwilligt.«

»Beeil dich!« befahl die Königin, »und wenn du deine Tochter nicht sogleich hierher bringst, soll dir das Haupt abgeschlagen und auf die höchste Turmspitze unseres Schlosses gesteckt werden.«

Der alte Brahmane eilte nach Hause, rief sogleich seine Tochter und berichtete ihr, was sich alles zugetragen. Geiramma war weder glücklich noch unglücklich. In ruhigem Tone bat sie ihren Vater: »Gehe wieder zurück zur Königin und sage ihr, daß ich bereit sei, den Prinzen zu heiraten, allein unter einer Bedingung: daß ich mich des ganzen Tages Dauer dem Prinzen widmen, des Nachts aber bei meinem Vater weilen will. Ich hoffe, daß der Prinz diese kleine Bedingung annehmen wird, dann mag die Hochzeit in Jubel und Freude gefeiert werden.«

Der alte Brahmane eilte mit furchterfülltem Herzen wieder zum Schloß und teilte der noch dort verweilenden Versammlung mit, was seine Tochter ihm aufgetragen. Eine große Freude entstand unter allen Anwesenden, denn kein einziger nahm die Bedingung der Brahmanentochter ernst. Alle waren der Ansicht, daß, wenn die junge Braut erst die Pracht des Lebens im königlichen Schloß kennengelernt haben würde, sie schwerlich wieder jemals

Sehnsucht nach der väterlichen Hütte bekommen würde.

Am nächsten Morgen fand sogleich das prächtige Hochzeitsfest statt, an dem das ganze Reich teilnahm. So verging der ganze Tag wie ein Jubel. Als aber die Sonne unterging, bestieg die junge Königin ihre Sänfte und ließ sich in das Haus ihres Vaters zurücktragen. Und so tat sie es jeden Abend. Während des Tages verweilte sie bei ihrem Gatten, allein, bei Sonnenuntergang kehrte sie stets in ihr elterliches Haus zurück. Der Prinz und seine Tante glaubten, daß die junge Frau dies zwei oder drei Tage tun würde, allein, es vergingen mehrere Jahre. Der König begann schließlich immer ungehaltener zu werden, er versuchte seine Gemahlin mit allen Mitteln dazu zu überreden, daß sie auch die Nacht bei ihm verweile, aber die junge Königin ließ sich durch keine Reden und Bitten abhalten. Da begann der Argwohn sich in die Seele des Königssohnes einzunisten, und er beschloß eines Tages, seiner Gattin einmal nachzuschleichen, um zu sehen, wo sie die Nächte verbringt. Eines Abends, nachdem sich seine Gattin soeben entfernt hatte, zog er eilig seine königlichen Gewänder aus und hüllte sich in die Lumpen eines Bettlers und malte sich andere Zeichen auf die Stirn. Darauf eilte er der Sänfte seiner Gattin nach. In der Nähe des Brahmanenhauses verbarg sich der Königssohn in den dichten Zweigen eines großen Schlinggewächses, von wo aus er genau beobachten konnte, wie Geiramma in das Haus ihrer Eltern trat. Er sah, wie sie Reis nahm und das Nachtessen bereitete, wie sie es dann ihren Eltern reichte, und diese es verzehrten. Darauf sah er, wie Geiramma mit einer Schüssel Wasser erschien und ihren Eltern die Hände wusch, wie sie das alles mit einer Ehrfurcht und Frömmigkeit tat, daß der Königssohn höchst erstaunte. Danach sah er, wie Geiramma ihren Eltern das Nachtlager zurecht machte und wartete, bis sie fest eingeschlafen waren. Darauf erschien sie wieder an der Tür, und der Königssohn sah, wie sie ein Buch von dem Brett über der Haustür herunternahm, wie sie dann eine kostbare Decke auf dem Flur ausbreitete, sich darauf niederließ und in dem Buche zu lesen begann. Der Argwohn und die Eifersucht des Königs wuchsen noch mehr in seinem Herzen, denn jetzt glaubte er, müsse sogleich der Liebhaber erscheinen.

Zum größten Erstaunen des Königssohnes erschien nach kurzer Zeit plötzlich ein schneeweißer Elefant. Er kam vom Himmel herabgestiegen und ging auf die Königin zu, die sogleich behende auf seinen Rücken stieg. Nun war der Elefant gerade im Begriff, wieder aufzusteigen, als der Königssohn, von Furcht ergriffen, seine Geliebte zu verlieren, hinzusprang, den Schwanz des Elefanten ergriff und mit emporgetragen wurde. Seine Gemahlin aber ahnte nichts von seiner Nähe. Der Elefant stieg immer höher empor zu den höchsten Regionen der Gewässer und erreichte schließlich den Palast des Gottes Indra, bei dem bereits sechs andere, außergewöhnlich schöne Frauen versammelt waren. Geiramma eilte schnell zu ihnen hinüber und schien mit ihnen ganz bekannt und vertraut zu sein.

In einer Ecke saß ein alter Mann, der ununterbrochen mit der Hand auf eine alte Trommel schlug. Zu ihm wandte sich der Königssohn und harrte der Dinge, die da kommen würden. Es währte nicht lange, da ward der alte Mann von dem Trommelschlagen so müde und erschöpft, daß er zu stöhnen anfing. Der König bot ihm daher seinen Dienst an, den der Alte gern entgegennahm. Er nahm dem Alten die Trommel ab und begann sie mit neuer, frischer Kraft zu schlagen. Als der Klang der Trommel immer schneller und stärker ertönte, erhoben sich die sieben schönen Frauen und vollführten einen wunderbaren Tanz vor den Stufen des Thrones des göttlichen Indra. Besonders Geiramma zeichnete sich durch ihre edlen Linien und Bewegungen aus, so daß Indra erfreut sie zu sich rief und ihr gestattete, sich eine ganz besondere Gunst von ihm zu erbitten. Geiramma verneigte sich tief vor dem Gott und sagte: »Schon seit langer Zeit ist es mein Verlangen und mein sehnlichster Wunsch, je nach meinem Willen auf der Erde oder hier in diesem Palaste zu sein, diese Gunst, erhabener Gott, erbitte ich von dir!«

Als Indra ihre Rede angehört, zog er einen Ring von seinem Finger und überreichte ihn Geiramma mit den Worten: »Solange du diesen Ring am Finger trägst, wird dein Wunsch, an irgendeinen Ort zu gelangen, stets in Erfüllung gehen.«

Nachdem Geiramma den herrlichen Ring in Besitz genommen hatte, ging sie entzückt zu dem Spielmann hinüber, dessen Kunst sie ja dieses Kleinod verdankte, um ihm ihren Dank für das schöne Spiel auszusprechen.

»Oh, wie glücklich müßt ihr sein«, entgegnete seufzend der Spielmann, »was für ein herrliches Geschenk ihr erhalten habt! Ich aber bin ein armer Spielmann und habe nichts zu erwarten.«

Geiramma ward durch seine Worte gerührt und sagte: »Du bist ein armer, guter Mann, und da ich mein Geschenk allein dir verdanke, so magst du auch an mich eine Bitte richten, ich werde sie dir gewähren.«

»Da du so freundlich gegen mich bist«, erwiderte der Spielmann, »gib mir deinen Ring, und ich werde niemals im Leben deine Freundlichkeit vergessen.«

Ohne sich zu besinnen, zog die junge Königin den eben erhaltenen Ring vom Finger und gab ihn dem Spielmann.

Da nun der Tanz beendet war, erschien abermals der schneeweiße Elefant, die Königin stieg auf seinen Rücken, während der vermeintliche Spielmann wieder den Schwanz des Elefanten ergriff, und schnell gelangten sie alle wieder auf die Erde. Dort verbarg sich der junge König sogleich wieder in dem Gestrüpp des Schlinggewächses, während Geiramma in das Haus ihrer Eltern eintrat. Nun sah der junge König, wie Geiramma ihren Eltern das Morgenessen bereitete, das Haus fegte und alles in Ordnung brachte, dann hörte er noch, wie sie die Träger rief, um sie geschwind in den Palast ihres Gemahls zu bringen.

Der König, geschützt durch das Halbdunkel und durch seine Verkleidung, kam unerkannt in seinem Palast an. Bald darauf empfing er, wie gewohnt, seine Gemahlin. Sie speisten zusammen und unterhielten sich wie sonst. Darauf setzten sie sich zum Spiel nieder, und während des Spiels erzählte der junge König seiner Geliebten, daß er in der letzten Nacht einen seltsamen, wunderbaren Traum gehabt hätte, wie noch nie in seinem ganzen Leben. Geirammas Neugierde war erwacht, und inständig bat sie ihren Gatten, ihr doch den Traum zu erzählen. Und der Gatte erzählte: »Mir träumte, ich verließ mein Haus in der letzten Nacht, ging hinüber zu dem Haus deiner Eltern und verbarg mich dort in einem nahen Schlinggewächs. Von dort aus konnte ich genau erkennen, wie du deinen Eltern das Abendessen bereitetest und ihr Nachtlager richtetest, ich sah ferner, wie du dich mit einem Buch an die Tür setztest und last, bis plötzlich ein schneeweißer Elefant vom Himmel herniederstieg, sich vor dir niederließ, und wie du dann auf seinen Rücken stiegst, während ich mich schnell an seinem Schwanze festhielt und so mit euch hinauf zu den Höhen Indras getragen wurde. Ich spielte dort oben die Trommel, während du tanztest, und zum Lohne für deinen herrlichen Tanz erhieltest du von Indra einen köstlichen Ring. Später stiegen wir dann auf dieselbe Weise wieder zur Erde hinunter.«

Während der junge König diese Geschichte erzählte, wurde Geiramma immer unruhiger und aufgeregter. Eine gewaltige Angst bemächtigte sich ihrer, denn sie ahnte wohl, daß dies nicht nur ein leerer Traum, sondern die Wirklichkeit war, und daß ihr Gemahl ihr Geheimnis erfahren haben müsse. Mit Mühe versuchte sie ihre Erregung zu unterdrücken und gleichzeitig auf ein Mittel zu sinnen, wie sie wieder zu dem Götterort und zu Indra gelangen könne. So wandte sie sich mit einem gekünstelten Lächeln an ihren Gemahl und sagte mit beherrschtem Ton: »Dies ist fürwahr ein zu seltsamer Traum, Geliebter, ob du wohl auch wirklich einen Ring erhalten hast? Daran könnte man allein die Wahrheit erkennen, ob es nur ein Traum oder ein wirkliches Erlebnis war. Zeige mir doch bitte einmal den Ring!«

Der König aber weigerte sich lange, ihrem Wunsch zu willfahren, da aber Geiramma nicht aufhörte zu bitten, und ihm versprach, von nun an auch die Nächte bei ihm zu bleiben und nicht wieder abends zum Hause ihrer Eltern zu gehen, willigte der König ein, verlangte aber, daß sie zuvor ihm diese Versicherung schriftlich gäbe und mit ihrem Namen unterzeichne. Nachdem Geiramma zur höchsten Freude ihres Gemahls das gewünschte Dokument geschrieben und unterzeichnet hatte, zeigte der König ihr den Ring und gab ihn ihr, da sie ihn genauer betrachten wollte, in die Hand. Kaum hatte Geirammas Finger den Ring berührt, wünschte sie sich, im Himmel Indras zu sein. Geschwind wurde sie emporgetragen und war im Nu hinter einer weißen Wolke verschwunden.

Erstaunen und Schmerz ergriffen des Königs Seele. Lange schaute er der weißen Wolke nach, hinter der sie verschwunden war, dann schlug er sich in gewaltigem Schmerz Stirn und Brust, während er in unsagbarem Weh den Namen der Geliebten rief. Doch keine Antwort kam, kein Laut war vernehmbar, Geiramma war entrückt. Kraftlos, sein namenloses Elend zu ertragen, verließ der junge König als ein Irrer seinen Palast, er lief hinaus, und während sein Haupt emporgerichtet war zu den weißen Wolken des Himmels, rief er mit gebrochener Stimme ohne Unterlaß: »Geiramma! Geiramma! Geiramma!«

Durch Wald und Wiesen, durch Dörfer und Städte eilte

er dahin und rief nur immer den Namen seiner treulosen Geliebten. Auf seinen Irrwegen kam er schließlich in einen großen Wald, dort erblickte er einen riesigen Baum, in dessen Nähe ein mächtiger Ameisenhügel lag. Er sah, wie aus dem Ameisenhügel eine Riesenschlange hervorkroch und sich am Baum hinaufschlängelte. Denn oben auf dem Baume war ein kleines Nest, aus dem junge Adler ängstlich herausschauten. Die Schlange pflegte von Zeit zu Zeit eines dieser Kleinen zu verspeisen. Da erblickte sie der unglückliche Königssohn, er empfand Mitleid mit den kleinen, hilflosen Wesen, er zog sein Schwert und hieb auf die Schlange ein und schlug sie in drei Stücke. Jedes einzelne Stück der Schlange aber verwandelte sich in einen gewaltigen Berg.

Nach einiger Zeit kamen die Eltern der jungen Adler von der Suche nach Atzung zum Nest zurückgeflogen. In jeder Klaue trugen sie einen gewaltigen Elefanten, und in ihren Schnäbeln zappelte ein ebensolcher. Allein die jungen Adler verschmähten die Nahrung und schrien den Eltern zu: »Wir wollen kein Fleisch jetzt fressen, wir wollen überhaupt keine Nahrung je wieder anrühren, bis ihr nicht jenem armen Mann dort unter dem Baum geholfen habt. Er hat uns errettet von der Schlange, die sich den Baum heraufwinden wollte, um uns zu verschlingen, nun ruft er ununterbrochen: Geiramma! Geiramma!«

Die beiden großen Adler flogen hinunter zu dem armen Königssohn und fragten nach der Ursache seines sonderbaren Gebarens und versprachen, ihm zu helfen, soweit sie es irgend vermöchten.

Der Königssohn erzählte ihnen dann tränenden Auges seine ganze Geschichte. Erstaunt hatten ihm die Vögel zugehört, und nachdem er geendet, beschlossen sie, ihn auf ihre Schwingen zu nehmen und ihn empor zu den Wohnungen der Götter zu tragen. Der eine Adler nahm den Königssohn auf seinen Rücken und flog mit ihm und in

Begleitung des anderen Adlers hinauf zu dem Himmel Indras, wo sie Geiramma vermuteten. Bald hatten sie die himmlischen Paläste erreicht. Dort sah der König die sieben verschiedenen Räume der Tänzerinnen verlassen, da diese gerade vor Indra tanzten. Er suchte den Raum seiner Geliebten auf, den er bald an den dort aufgestellten, ihm wohlbekannten Gegenständen erkannte, und beschloß, auf ihre Rückkehr zu warten. Die beiden Adler nahmen Abschied von ihm und flogen wieder zur Erde zurück.

Es währte auch nicht lange, als die sieben Tänzerinnen zurückkehrten, eine jede in ihren Raum. Da begannen sie plötzlich allesamt zu zittern und sprachen: »Ich rieche Menschenfleisch, ich rieche Menschenfleisch!«

Und als Geiramma in ihr Gemach trat, bemerkte sie sogleich ihren Gemahl und war erstaunt, ihn in den himmlischen Wohnungen zu treffen. Voller Entrüstung rief sie: »O weh mir, du hast mir Schaden bereitet! Du hast mir den himmlischen Aufenthalt verleidet, da du allen meine menschliche Abstammung offenbartest, o weh mir!«

Da kam ihr Schmerz auch zu den Ohren Indras, er ließ sie beide sogleich vor sich rufen und befahl ihnen, sofort den Himmel zu verlassen. Sogleich erschien der große, schneeweiße Elefant, die Königin stieg auf und der König ergriff wieder den Schwanz, und in kurzer Zeit waren sie wieder auf der Erde beim Hause des alten Brahmanen.

Da nun Geiramma durch ihr Gelöbnis gebunden war, auch die Nächte bei ihrem Gemahl zu verbleiben und das Haus ihrer Eltern nicht wieder zu betreten, so zog sie ganz in den königlichen Palast. Doch da sie zu dem Geschlechte der Feen gehörte, wurde ihr erlaubt, das ganze Land zu regieren. Von nun an lebte Geiramma mit ihrem Gemahle in Reichtum und Freuden noch lange Zeit miteinander.

Wir aber sind arme Kuwi und leben als Bettler.

[Indisches Märchen]

Der Narr, der in den Himmel wollte

In einem Kloster lebte einst ein Tor als Oberhaupt vieler anderer Toren. Der hörte einmal, als jemand aus dem göttlichen Gesetz vortrug, daß in der andern Welt denjenigen ein hoher Lohn erwarte, der einen Teich habe anlegen lassen. Da er nun Geld in Fülle hatte, baute er also nicht weit von seinem Kloster einen mächtigen, wasserreichen Teich.

Als dieser König aller Narren nun einmal ausging, um sich seinen Teich zu besehen, bemerkte er, daß jemand dessen Ufer aufgerissen hatte. Und als er am folgenden Tage wiederkam, sah er, daß das Ufer abermals aufgewühlt war, diesmal an der andern Seite.

Da dachte er in seiner Erregung: »Morgen bei Tagesgrauen will ich hier sein und den ganzen Tag hier bleiben, um zu sehen, wer der Frevler ist.«

Mit diesem Vorsatz ging er nach Hause.

Beim ersten Schein des folgenden Morgens war er schon auf der Lauer. Da sah er, wie ein Stier vom Himmel herabkam und mit seinen Hörnern das Ufer zerwühlte.

»Ei«, dachte der Mann, »das ist ein Himmelsstier! Da kann ich vielleicht mit ihm in den Himmel kommen!«

Also packte er den Stier mit beiden Händen am Schwanz.

Der heilige Stier aber riß den verrückten Gesellen, der an seiner Schwanzspitze hing, pfeilgeschwind mit sich empor und trug ihn augenblicklich zu seiner Wohnung auf den Gipfel des Himalaja.

Dort verlebte der Einfaltspinsel einige wonnige Tage,

indem er Himmelsspeise genoß, Naschwerk und andere gute Dinge. Als er aber sah, daß der hehre Stier immer wieder kam, so oft er gegangen, dachte er, vom Schicksal verblendet: »Ich will mich wieder an seinen Schwanz hängen, meine Freunde besuchen und ihnen von diesem Wunder erzählen; dann kehre ich hierher zurück.« Und so trat er denn eines Tages an den Stier heran, hing sich, als dieser davongehen wollte, an seinen Schwanz und gelangte wieder auf die Erde.

Er kam in sein Kloster. Da umarmten ihn die anderen Narren, die sich darin befanden, und auf ihre Frage, wo er denn gewesen sei, erzählte er ihnen seine Erlebnisse.

Wie sie alle diese wunderbare Geschichte hörten, baten sie, er solle so gut sein, sie dorthin mitzunehmen, damit auch sie das vorzügliche Naschwerk genießen könnten.

Der Mönch war's zufrieden, sagte ihnen, wie sie es anfangen müßten, und führte sie am folgenden Tage zu dem Teich. Und richtig stellte sich der Stier wieder ein.

Da hielt sich unser Mönch als der erste mit beiden Händen an dem Schwanz des Stieres fest; ein anderer faßte ihn selbst an den Füßen, ein Dritter den Zweiten, und so hängte sich immer einer an die Füße seines Vordermannes; und als die Kette fertig war, da stieg der Stier schon in den Luftraum empor.

Während er nun dahinflog mit den Narren an seinem Schwanz, da wollte es das Schicksal, daß einer von ihnen den Ersten fragte: »Nun sag' uns einmal ganz aufrichtig, wie groß die Pfannkuchen waren, die du so mühelos nach Herzenslust im Himmel gegessen.« Der erste der Toren vergaß sich, ließ den Schwanz des Stieres los, legte die hohlen Hände aneinander. »So groß«, wollte er rasch zu ihnen sagen – da sauste er aber schon mit all den anderen vom Himmel herab, und alle fielen zu Tode.

[Indisches Märchen]

Wie Dr. Faustus in das Gestirn hinauf gefahren

Als ich einst nicht schlafen konnte, und daneben an meine Calender und Practica gedachte, wie doch das Firmament am Himmel qualificiert und beschaffen wäre, daß der Mensch oder die Physici solches hierunten erkennen könnten, ob sie gleich solches nicht sichtbarlich, sondern nach Gutdünken, aus den Büchern und Opinionibus disponieren und erforschen könnten; siehe, so hört ich ein ungestüm Brausen und Wind meinem Haus zugehen, der meinen Laden und Kammerthür und alles aufschlug, darob ich nicht wenig erschrak. Indem hört ich eine brüllende Stimm, die sagt: »Wohlauf, deines Herzens Lust, Sinn und Begehr wirst du sehen.«

Darauf sagt ich: »Wenn das zu sehen ist, daran ich jetzo gedacht, und welches diesmal meine größte Begierde ist, so will ich mit.«

Es antwortete wieder: »Schaue zum Laden heraus, so wirst du die Fuhr sehen.«

Das tat ich. Da sah ich einen Wagen mit zween Drachen herab fliegen, der stund in höllischen Flammen. Da nun der Mond dazumal am Himmel stunde, besah ich mir auch die Rosse, so vor meinem Wagen waren. Diese Würmer waren an Flügeln braun und schwarz, mit weiß gesprenkelten Tüpflen, der Rücken auch also, der Bauch, Kopf und Hals grünlich, gelb und weiß gesprenkelt. Die Stimme schrie wieder: »So sitz auf, und wandere.«

Ich sprach: »Ich will dir folgen, doch muß ich alle Umstände fragen dürfen.«

»Ja«, antwortet die Stimme, »es sei dir diesmal erlaubt.«

Darauf stieg ich auf den Kammerladen, sprang auf meine Kutschen und fuhr davon. Die fliegenden Drachen führten mich empor; der Wagen hatte vier Räder, die rauschten, als wenn ich auf dem Lande führe, doch gaben die Räder im Umlaufen immer Feuerströme. Je höher ich kam, je finsterer war die Welt, und deuchte mir nicht anders, als wenn ich aus dem hellen Sonnentage in ein finstres Loch führe. Sah also vom Himmel herab in die Welt. Indem rauschte mein Geist und Diener daher und sitzt zu mir in den Wagen. Ich sagte zu ihm: »Mein Mephostophiles, wo muß ich nun hinaus?«

»Das laß dich nicht irren«, sprach er; und fuhren also noch höher hinauf.

Nun will ich euch erzählen, was ich gesehen hab. Denn am Dienstag fuhr ich aus, und kam am Dienstag wieder zu Haus, das waren acht Tag, darinnen tat ich nie keinen Schlaf, war auch kein Schlaf in mir, hatte auch, so lang ich außen war, kein Hunger noch Durst. Und fuhr ganz unsichtbar. Als es nun des Morgens früh am Tag und hell ward, sagt ich zu meinem Geist Mephostophili: »Lieber, wie weit sein wir schon gefahren, das kannst du wissen. Dann ich wohl an der Welt abnehmen kann, daß ich diese Nacht schon weit gefahren bin.«

Mephostophiles antwortete: »Mein Fauste, glaub mir, daß du bishero schon 47 Meilen in die Höhe gefahren bist.«

Danach sah ich am Tag herab auf die Welt. Da sah ich viel Königreich, Fürstentum, und Wasser, also daß ich die ganze Welt, Asiam, Aphricam und Europam genugsam sehen konnte. Und in solcher Höhe sagte ich zu meinem Diener: »So weise und zeige mir nun an, wie dies und das Land und Reich genennet werde.«

Das tat er und sprach: »Siehe, dies auf der linken Hand ist das Ungerland, item, dies ist Preußen. Dort drüben ist Sicilia, Poln, Dennemarck, Italia, Teutschland. Aber morgen wirst du sehen Asiam, Aphricam, item Persiam, und Tartarey, Indiam, Arabiam. Am dritten Tag, da sah ich in die kleine und große Türckey, Persiam, Indiam und Aphricam. Vor mir sah ich Constantinopel und im persischen und constantinopolitanischen Meere sah ich viel Schiff und Kriegsheer hin und wider schweben. Es war mir aber Constantinopel anzusehen als ob kaum drei Häuser da wären und die Menschen als einer Spannen lang. Ich fuhr im Julio aus, da war es gar warm; so ich nun mein Gesicht jetzt hier, jetzt dorthin warf, gen Aufgang, Mittag, Niedergang und Mitternacht, so regnete es dann an einem Orte, an dem andern donnerte es, hie schlug der Hagel, am andern Ort war es schön. Ich sah auch endlich alle Ding, die gemeiniglich in der Welt sich zutrugen. Als ich nun acht Tage in der Höhe war, sah ich hinauf von ferne, daß der Himmel so schnell fuhr und wälzte, als wenn er in tausend Stücken zerspringen oder die Welt zerbrechen wollte. So war auch der Himmel so hell, daß ich nicht weiters hinauf sehen konnte, und so hitzig, wann mein Diener keine Luft gemacht hätte, daß ich hätte verbrennen müssen. Das Gewölk, so wir unten in der Welt gesehen, ist so fest und dick wie eine Mauer und Felsen, klar wie ein Cristall, und der Regen, so davon kommt, bis er auf die Erden fällt, so klar, daß man sich darin ersehen kann. So beweget sich das Gewölk am Himmel so kräftig, daß es immer lauft, von Osten gen Westen, und nimmt das Gestirn, Sonn und Mond mit sich. Daher, wie wir sehen, kommt, daß sie vom Aufgang zum Niedergang lauft. Und gedeuchte mich, die Sonne wäre bei uns kaum mehr denn eines Faßbodens groß, sie war aber größer denn die ganze Welt, und ich konnte kein End daran sehen. So muß der Mond des Nachts, wenn die Sonne untergehet, sein Licht von ihr empfangen, darum scheint er zu Nacht so hell; wie es dann auch unter dem Himmel so hell ist, und also zu Nacht am Himmel der Tag ist, und auf Erden finster. Ich sah also mehr denn ich begehrte. Der Sterne einer war größer denn die halbe Welt; ein Planet so groß als die Welt; und wo die Luft war, da waren die Geister unter dem Himmel. Im Herabfahren sah ich auf die Welt, die war wie der Dotter im Ei, und gedauchte mich, die Welt wäre nicht einer Spannen lang, und das Wasser war zweimal breiter anzusehen. So kam ich also am achten Tag des Nachts wieder zu Haus, und schlief drei Tage nach einander; richtete hernach alle meine Calender und Practica darnach.«

[Deutsches Märchen]

Federkleid und Vogelmensch

Das Motiv vom dankbaren Tragevogel gehört zu den klassischen Märchenmotiven, dessen Wurzeln bis zum sumerischen *Etana-Epos* zurückreichen. Die Fähigkeit zur Tierverwandlung wurde in traditionellen Gesellschaften bestimmten Personen zugesprochen und spielte noch in den europäischen Hexenprozessen eine Rolle. Das Eintreten der Seele in den Vogelkörper oder das Anlegen eines Federkleides ist in Märchen und Mythen oft die Voraussetzung für die Flugfähigkeit des Helden. Bereits der Besitz einer bestimmten Feder konnte die Flugfähigkeit auf magische Weise herbeiführen.

Die Vogelmenschen

Die schwarzen Schwäne

Nach tausend und einem Abenteuer wurde Wahn ein anderer. Nicht körperlich – mit einer Ausnahme. Mit zunehmendem Alter waren seine dunkelbraunen Federn noch dunkler geworden, bis sie schließlich so schwarz wie die Nacht waren. Er hatte gesehen, daß die Haare der Menschen ebenso wie das Fell der Tiere und das Gefieder der Vögel im Alter heller wurden. So hatte er gehofft, daß auch seine Federn im Laufe der Jahre wieder ihre ursprüngliche weiße Farbe zurückbekämen.

War das die Strafe Baiames für all die Streiche, die er den anderen gespielt hatte? War er zu egoistisch gewesen? Wenn er so darüber nachdachte, mußte er zugeben, daß er niemals versucht hatte, jemandem zu helfen. Andere hatten ihm geholfen. Er aber hatte nie etwas gegeben und sich noch nicht einmal bedankt.

Wahn beschloß, ein neues Leben zu beginnen. Das aber konnte er nur woanders tun.

Es wurde der längste Flug seines Lebens. Er kam an einem Berg vorbei, über dem, hoch über den Wolken, Baiames Heimat war. Er kam in das Land der Frauen. Hier gab es keine Tiere, nur einige Vögel. Die Frauen dieses Landes verbrachten die meiste Zeit mit der Herstellung von Waffen: mit Speeren, Keulen und Bumerangs.

»Warum macht ihr das, wenn es doch gar keine Tiere hier gibt, die ihr jagen könnt?« fragte Wahn.

»Wir machen die besten Jagdwaffen der Welt«, antworteten sie ihm. »Manchmal kommen Männer hier vorbei und tauschen die Waffen ein. Sie geben uns Fleisch und die

Felle von Beutelratten und Wallabys, damit wir im Winter nicht frieren.«

»Ja, das verstehe ich«, gab Wahn zu. »Aber wenn doch eure Waffen so gut sind, müßte es doch hier viel mehr Männer geben. Ich sehe aber keine.«

»Ach«, sagten die Frauen traurig, »es kommen nur selten Männer hierher. Der Weg hierher ist zu beschwerlich. Du könntest ja über die große Wüste fliegen, aber nur wenige Männer sind kräftig genug, um die Wüste, in der es kein Wasser gibt, zu überqueren.«

»Ihr habt recht«, sagte Wahn. »Außerdem ist ja an der Grenze eures Landes dieser große See. Sie müßten Kanus haben, um herüberzukommen.«

»Oh, über den See würden wir sie niemals lassen!« erwiderten die Frauen. »Wenn die Männer ans Ufer kommen, legen sie ihre Gaben hin und gehen dann eine Tagesreise weit zurück in die Wüste. Wenn sie weg sind, paddeln wir mit unseren Kanus hinüber, nehmen ihre Gaben und lassen so viele Waffen zurück, wie ihre Sachen wert sind.«

»Ja, habt ihr denn keine Angst, sie könnten sich im Gebüsch verstecken und euch dann wegtragen?«

»Aber nein. Meistens sind es nur ein, zwei Männer, die die Reise überleben. Wir sind viele. Und wir haben die besten Waffen.«

»Da habe ich eine Überraschung für euch. Auf meinem Weg hierher habe ich viele Männer gesehen, die durch die Wüste marschierten. Sie sind auf dem Weg zu euch.«

Die Frauen erschraken.

»Nun, macht euch keine Sorgen«, versuchte Wahn sie zu beruhigen. »Ich fliege zurück und sehe nach, was sie machen.«

Wahn wippte mit dem Schwanz, hob die Flügel und flog davon.

Als er zum Lager der Männer kam, versteckte er sich

hinter einem Felsblock. Als er sah, daß jeder Mann irgendein Tier in der Tasche oder mit einer Schnur an das Handgelenk gebunden hatte, fielen ihm vor Staunen fast die Augen aus dem Kopf. Da waren Wallabys und Wombats, Ratten und Dingos, Beutelratten und Koalas. Auch einige Känguruhs standen da. Sie waren an den Sträuchern festgebunden.

Als er so schaute, erhob sich der Anführer und sprach zu seinen Männern. Es war Wurrunah, wie Wahn später erfuhr.

»Wenn wir an den See kommen«, sagte Wurrunah, »muß jeder sein Tier nehmen und sich im Busch verstekken. Paßt auf, daß man euch nicht sieht. Ich werde die Geister anrufen, damit sie meine Brüder in Schwäne verwandeln. Sie werden über den See schwimmen. Wenn die Frauen sie sehen, werden sie sich in ihre Kanus setzen und sie jagen. Dann werden meine Schwanenbrüder umkehren und sie werden ihnen bis zu den Büschen folgen hinter denen wir uns versteckt halten.«

»Sie werden niemals bis ans Ufer kommen«, gab ein Mann zu bedenken.

»Deshalb haben wir ja die Tiere mitgebracht«, sagte Wurrunah. »Sobald die Frauen näherkommen, bindet ihr die Tiere los und laßt sie laufen. Die Frauen werden dann bestimmt ans Ufer kommen und sie jagen wollen.«

»Was wirst du tun, Wurrunah?«

»Bleibt ihr in eurem Versteck. Wenn die Frauen Jagd auf die Tiere machen, fahre ich mit einem ihrer Kanus über den See. Ich nehme alle Waffen, die ich finde, soviel, daß es für jeden von uns reicht. Wenn ich zurück bin, verteile ich sie.«

Wahn hatte genug gehört. Er schlich sich davon und dachte nach. Er stand vor einer schweren Entscheidung. Wenn er den Frauen erzählte, was er gehört hatte, würden sie die Schwäne nicht jagen und mit leeren Mägen davonziehen müssen. Er fühlte auch mit den Männern, die all die Mühen auf sich genommen hatten und die nun vielleicht ganz umsonst waren.

Nachdem Wahn einige Stunden nachgedacht hatte, beschloß er, gar nichts zu tun. Er flog auf Baiames Berg und setzte sich auf einen Felsen, von dem aus er den ganzen See überblicken konnte. Es dauerte nicht lange, da sah er die Männer, wie sie vorsichtig näherkamen. In weiter Ferne hörte er den Klang einer Rassel. Das mußte Wurrunah sein, der mit seinem Tjurunga zauberte. Wahn schaute in die Richtung, aus der das Geräusch kam. Er sah zwei Männer. Sie verloren ihre braune Farbe und wurden weiß. Ihre Köpfe wurden immer kleiner, ihre Hälse immer länger. Ihre Arme verwandelten sich in Flügel, ihre Beine wurden so dünn wie Stöcke.

Wahn erinnerte sich an die Zeit, als Baiame ihn in eine Krähe verwandelt hatte.

Als die weißen Schwäne in die Mitte des Sees kamen, wurden sie von den Frauen entdeckt. Aufgeregt schreiend rannten sie ans Ufer, sprangen in ihre Kanus und versuchten, die Schwäne zu fangen.

Als sie sich dem gegenüberliegenden Ufer näherten, sprangen zwischen den Büschen Känguruhs und andere Tiere umher.

Die Frauen ließen die Schwäne schwimmen, sprangen ans Ufer und fingen einige der Tiere ein. Das dauerte eine Weile.

Ein Kanu stieß vom Ufer ab und überquerte den See.

Nicht lange, da sah Wahn, wie Wurrunah mit dem Kanu zurückkam. Es war schwer beladen mit den herrlichen Waffen, die die Frauen gemacht hatten. Sicher gelangte er ans Ufer. Dort verteilte er die Waffen unter den Männern.

»Ich habe doch richtig gehandelt«, sagte sich Wahn. »Eigentlich sollten jetzt alle glücklich sein. Die Frauen hatten die Freude an der Jagd, und sie bekamen reiche Beute.

Und wenn sich die Tiere fortpflanzen, werden die Frauen auch noch in späteren Zeiten gute Beute machen können. Und die Männer sind glücklich, weil sie so viele Waffen haben.«

Plötzlich fiel ihm etwas ein. »Aber was wird mit den Schwänen passieren?«

Die beiden weißen Vögel schwammen langsam ans Ufer.

Auf einmal wurde Wahn durch einen heftigen Flügelschlag von seinem Sitzplatz heruntergestoßen. Als er aufsah, erkannte er seinen alten Feind Mulyan. Dieser hatte die Schwäne entdeckt und flog geradewegs auf sie zu.

Die Schwäne sahen Mulyan kommen. Sie richteten sich im Wasser auf, schlugen mit ihren Flügeln und riefen um Hilfe.

Wurrunah eilte ans Ufer. Aber er konnte ihnen nicht helfen. Mulyan hatte sich bereits auf sie gestürzt. Er drückte sie unter das Wasser und riß ihnen mit seinem Schnabel die Federn aus.

Wahn war empört. Er breitete die Flügel aus, flog um den Berg herum und rief nach den Krähen, die dort wohnten.

»Wah, wah, wah«, schrie er.

Seine Stimme schallte weit über die Ebenen und Wälder und durch die Täler. Hunderte von Krähen flogen aus den Bäumen hoch und kamen aus den Höhlen des Berges, in denen sie hausten.

Mit Staunen sah Wahn, daß die Krähen so schwarz wie er waren.

Wie eine dunkle Wolke fielen sie auf den See nieder.

Mulyan hörte die Krähen kommen. Dieses »Wah, wah, wah«, von dem Wahn seinen Namen hatte, war nicht zu überhören. Mulyan stieg in die Höhe und verschwand im blendenden Sonnenlicht.

Die schwarzen Krähen flogen um die nackten, zitternden Schwäne herum. Sie rupften sich einige Federn aus und bedeckten damit die Schwäne.

»Danke, ihr Brüder«, sagte Wahn. »Ihr habt etwas Gutes getan.«

Er flog davon und kicherte laut, als er sich die Wut von Mulyan vorstellte.

Und natürlich denken alle Krähen in Australien daran, daß die Schwäne in ihrem Land durch ihre Hilfsbereitschaft schwarze, statt weiße Federn haben.

[Mythe der australischen Ureinwohner (Aborigines)]

Der Zauberspruch

Vor langer Zeit lebte einst ein Fürst, der hatte eine herrliche, schöne Gemahlin und einen Wesir, den er sehr liebte. Von einem andern Land kam zu dem Fürsten ein Gast und kehrte bei ihm ein. Der Gast sprach: »Ei, Herrscher, laß mich bei dir einkehren!«

Da sprach der Fürst: »Schön, du Gottesgast, kehre ein!«

Der Fürst bewirtete ihn trefflich. Am zweiten Tage sprach abermals der Gast: »Bewirte mich, o Fürst, noch einmal!«

Abermals bewirtete ihn der Fürst aufs Beste. Am dritten Tage sprach abermals der Gast: »Fürst, bewirte mich noch.«

Der Fürst sprach: »Ei, Gast, wie soll ich dich noch besser bewirten?«

Der Gast sprach: »Wie du mich gestern bewirtet, das war gar schön, aber du stehst an meiner Seite und bewirtest mich, du bist aber ein hochgestellter Herr, wenn du mir zur Seite stehst, so kann ich nicht recht essen. Du setze dich mit deinem Weibe und deinem Wesir an meine Seite! Laß uns zusammen speisen!«

Da setzte sich der Fürst hin, auch sein Weib und der Wesir setzten sich zu ihnen und ebenso der Gast; da aßen sie gar treffliche Speisen. Der Gast sprach: »Diese deine Bewirtung gefällt mir, jetzt laß uns etwas ins Freie, in deinen Garten gehen!«

Sie gingen in dem Garten spazieren, da sprach der Gast: »O Herrscher, du hast mich drei Tage bewirtet, jetzt will ich dich einen Zauberspruch lehren.«

Der Fürst sprach: »Ei, Gast, laß mich deinen Zauberspruch hören!«

Der Gast nahm eine Flinte und tötete eine Taube, nachdem er diese getötet, sagte er seinen Zauberspruch, da fiel er selbst um, seine Seele drang in die Taube, die Taube wurde lebendig, aber der Körper des Gastes lag tot da. Die Taube flog umher; darauf sprach er abermals den Zauberspruch, da begab er sich wieder in seinen Körper und der Körper der Taube blieb liegen. Der Gast sprach nun: »Gefällt dir, o Fürst, dieses Kunststück?«

Der Fürst sprach: »Ei, Gast, wenn du es mich lehren würdest, möchte es mir sehr lieb sein.«

Da lehrte ihn der Gast den Zauberspruch. Der Fürst lernte ihn, begab sich auch in den Körper der Taube, flog als Taube umher. Dann verabschiedete sich der Gast und ging davon.

Der Fürst ging nach drei oder vier Tagen in den Garten, sagte seinen Spruch und flog als Taube umher.

»Ach«, sprach er, »hätte ich doch einen Gefährten, das wäre gar schön.« Da ging er nach Hause, rief seinen Wesir.

»Ei, Wesir, sprach er, laß uns in den Garten gehen!«

Sie traten in den Garten. Da sprach der Fürst: »Ich kenne ein Kunststück, das möchte ich dich lehren.«

Nun tötete jener Fürst zwei Tauben, lehrte den Zauberspruch seinem Wesir, dann begaben sich der Fürst und sein Wesir in die Körper der Tauben und flogen als Tauben umher.

Eines Tages sprach der Wesir: »Ei, Fürst, laß uns einmal als Tauben weit fortfliegen.«

Da sagten beide ihren Spruch, verwandelten sich in Tauben und flogen davon. Sie flogen und flogen und kamen zu einer Stadt, durch ein offenes Fenster traten sie in das Haus des Fürsten jener Stadt. In diesem Haus waren die Töchter dieses Fürsten, die herzten die beiden Tauben und ließen sie wieder durch das Fenster fliegen. Da sprach der

Wesir: »Ei, Fürst, unser Weg ist weit, laß uns hier die Nacht bleiben.«

Der Fürst willigte ein. Da setzten sich die beiden Tauben auf den Ast eines Baumes und der Fürst schlief ein. Da sprach der Wesir bei sich: »Ich will zurückfliegen! Ich will in den Körper des Fürsten eintreten, dann umarme ich sein Weib und werde der Herrscher sein.«

Als der Fürst schlief, flog der Wesir zurück, kam in den Garten, sprach seinen Spruch und trat in den Körper des Fürsten. Seinen eigenen Wesirkörper nahm er und begrub ihn.

Als der Fürst am Morgen erwachte, war der Wesir nicht da; als er zum Garten kam, war weder der Körper des Wesirs, noch sein eigener Körper da, da erschrak der Fürst und jammerte. Als er nach Hause flog, da sah er den Wesir in seinem eigenen Körper.

»Was soll ich jetzt hier tun? Anstatt hier zu bleiben, will ich fortziehen und als Taube sterben!« so sprach der Fürst und flog davon.

Nachdem der Wesir die Gestalt des Fürsten angenommen, begab er sich zum Haus. Zu der Fürstin kam er. Die Fürstin fragte: »Wo bist du gewesen?«

Der Wesir sprach: »Ei, Fürstin, ich bin mit dem Wesir zu jener Stadt gefahren.«

Die Fürstin sprach: »Wo ist dein Wesir?«

Der Fürst sprach: »Der Wesir ist im Garten gestorben.«

Als er nah an das Weib herantrat, ließ sie ihn nicht nahe kommen und sprach: »Ei, Herrscher, dein Atem ist ein anderer geworden, deine Sprache ist eine andere geworden. Du komme mir nicht zu nahe! Du bist nicht mein Mann.«

Was auch immer der zum Fürsten gewordene Wesir sprach, die Fürstin ließ ihn nicht nahe kommen. Wie viel er auch bat, sie ließ ihn nicht zu ihr legen.

Der Fürst flog als Taube weiter, fliegend durchzog er

viele Städte. Da erblickte ihn ein Habicht und verfolgte die Taube, um sie zu verzehren. Jammernd entfloh der Fürst.

»Oh, jetzt ist mein Tod gekommen. Ich war ein Fürst, mein Wesir hat meine Wohltat mit Bösem vergolten. Jetzt fliehe ich vor einem Habicht«, so sprach er und flog. Da sah er auf der Erde einen toten Hirsch liegen.

»Ich will meinen Zauberspruch sprechen und in ihn eintreten und mich vor dem Ergreifen des Habichts retten!« sprach er, flog zu dem Hirsch, sagte seinen Spruch, trat in den Hirsch ein und verwandelte sich in einen Hirsch. Der Habicht verzehrte den toten Körper der Taube.

Als Hirsch aß nun der Fürst Baumlaub, er lief, lief und jammerte:

»Als ich noch Fürst war, lag ich auf einem schönen Bett, aß ich treffliche Speisen, war ich bei meiner lieben Frau. Jetzt esse ich Blätter und all mein Glück ist meinem Wesir geblieben.«

Den Fürsten, der in einen Hirsch verwandelt war, verfolgten die Bären, die aus dem Walde hervorkamen, um ihn zu verzehren. Da jammerte wieder der Fürst: »Wie soll ich vor diesen Bären mich retten?«

Er floh und floh, da traf er einen toten Habicht. Er sprach seinen Spruch und trat in den Habicht. In einen Habicht verwandelt, flog er weiter.

Der Fürst, der in einen Habicht verwandelt war, wurde abermals hungrig. Da kam eine Ente geflogen, die Ente verfolgte er und ergriff sie. Da jammerte die Ente: »Ei, Fürst, als du auf dem Thron saßest, hast du den Leuten Recht gesprochen, wie es sich gehörte; da lagst du auf einem trefflichen Bett, treffliche Speise aßest du; jetzt tötest du Gottes Geschöpfe und willst einen lebendigen Vogel verzehren!«

Da ließ der Fürst die Ente los.

»Ich werde ja nicht Hungers sterben«, sprach er, »Gott wird mir schon Nahrung geben.«

Er flog davon. Auf dem Weg lag ein Papagei, der war gestorben. Da sprach der Fürst seinen Spruch und trat in diesen Papagei ein. Als Papagei flog er weiter.

Der in einen Papagei verwandelte Fürst gesellte sich zu einer Papageienschar. Die Papageien fingen an ihn zu verfolgen. Da sprach der vornehmste von den Papageien: »Weshalb verfolgt ihr diesen Vogel, er erhebt sich nicht über euch, ißt nicht eure Speise, sättigt sich selbst, den verfolgt nicht!« Da ließen sie ab von ihrer Verfolgung, lebten mit ihm in Frieden.

Es kämpften zwei Papageien. Da sprachen die Papageien: »Wir müßten einen Anführer haben, ein Anführer würde uns Recht sprechen.«

Ein alter Papagei sprach: »Wenn ihr mich zum Anführer machtet! Ich habe zwölf Söhne, die würden alle euch wie Herren behandeln.«

Ein anderer sprach: »Auch mich könntet ihr vielleicht zum Anführer machen, ich habe aber acht Söhne, die würden alle acht dann Anführer sein.«

Noch ein anderer sprach: »Auch mich macht ihr vielleicht zum Anführer, ich habe aber sechs Söhne, die werden alle sechs über euch herrschen wollen.«

Da sprachen die Papageien: »Wir wollen diesen Fremdling zum Herrscher machen, der wird selbst Recht sprechen, der hat keine Söhne und Verwandte, die ihm helfen könnten. Der wird gerecht sein.«

Da berieten sie sich und erhoben den Herrscher zum Papageien-König.

Die Papageien begaben sich täglich zu einem schönen Platz und spielten daselbst. Ein Mensch sah einst das Spiel der Papageien.

»Hier spielen die Papageien, sprach er, »ich will hier Schlingen aufstellen!«

Am Abend legte dieser Mensch Schlingen, um sie zu fangen. Am Morgen kamen die Papageien, um zu spielen.

In den aufgestellten Schlingen fingen sie sich, nur der Herrscher fing sich nicht. Da sprachen die Papageien: »Ei, Herrscher, was sollen wir tun, wir haben uns in diesen Schlingen gefangen?«

Der Herrscher sprach: »Ich will es euch lehren. Dies sind von einem Menschen ausgelegte Schlingen, dieser Mensch wird kommen und nachsehen, ihr legt euch wie tot hin, dann wird er euch alle auf einen Haufen legen, dann werde ich in eine Schlinge gehen und mit den Flügeln schlagen. Wenn er geht, um mich zu nehmen, so fliegt davon.«

Am Morgen kam der Mensch, da waren alle Papageien gestorben.

Da jammerte der Mensch: »O, ich Dummkopf! Was bin ich nicht früher gekommen, dann wären alle lebendig.«

Dann legte er alle Papageien an einen Ort, um ihre Federn zu nehmen. Da schlug der Fürst mit den Flügeln. Da lief der Mensch verwundert hin, weil noch einer lebendig war. Er ergriff diesen Papagei, während der Zeit flogen alle andern davon.

»O, sie haben mich getäuscht«, sprach er, nahm den Papagei, den er gefangen und kehrte nach Hause zurück. Diesen Papagei tat er in einen schönen Käfig.

Da sprach der Papagei zum Jüngling: »Ei, Jüngling, bringe mich dahin, wo es einen Rechtsspruch oder ein Urteil zu fällen gibt!«

Der Jüngling sprach: »Hier ist ein Streit zu schlichten, ich werde dich dahin bringen.«

Der Jüngling brachte ihn dorthin. Als er dorthin kam, waren viele Mullas versammelt und viele alte Leute, zu ihnen ging der Jüngling hin und sprach: »Hier habe ich einen Rechtsprecher.«

Der Papagei sprach: »Was habt ihr für ein Urteil zu fällen?«

Da gab es einen Streit zwischen einem Jüngling und einem Mädchen. Beide sprachen, daß ihre Worte richtig seien, aber daß die Worte des andern Lüge seien. Der Papagei sprach: »Ich will euch ein Urteil fällen, ihr tretet nur beiseite.«

Da ließ der Papagei einen großen Spiegel herbeibringen, ließ hundert Rubel Silber herbeibringen, stellte den Spiegel auf, ließ vor ihm das Geld hinstellen, dann rief er das Mädchen und den Jüngling.

»Nehmt diese beiden Säcke mit Geld«, sprach er. Der Jüngling kam hin und griff nach dem Sack, das Mädchen griff nach dem Spiegel. Da fragte der Papagei: »Wer von euch hat das Richtige?«

Der Jüngling sprach: »Mein Beutel ist in meiner Hand.«

Das Mädchen sprach: »In meiner Hand ist nichts.«

Der Papagei sprach: »Wenn du nichts hast, so hat der Jüngling gesiegt, dieser Jüngling hat recht, lest das Traugebet.«

Sie lasen das Traugebet. Der Papagei sprach: »Gehört dieses Geld dem Volk oder dem Richter?«

Da sprachen sie: »Es möge dem Richter gehören.«

Die Mullas sprachen zum Jüngling: »Verkaufe uns diesen Papagei!«

Der Jüngling sprach: »Nein, ich verkaufe ihn nicht.«

Der Jüngling kehrte mit dem Geld und dem Papagei heim.

Der Papagei sprach: »Kennst du eine solche Stadt?«

Der Jüngling sprach: »Ich habe von ihr gehört, gesehen habe ich sie nicht.«

Da sprach der Papagei: »Zu diesem Land bringe mich! Verkaufe mich dem Herrscher dieser Stadt, da wirst du reich an Gold zurückkehren.«

Der Jüngling nahm seinen Vogel und so gingen sie zu dem Volk des Fürsten. Als er zur Stadt kam, fragte er nach dem Haus des Fürsten, wurde sein Gast.

Der Fürst sprach: »Willst du mir diesen Papagei verkaufen?«

Der Jüngling sprach: »Ja, ich will ihn verkaufen.«

Für hundert Goldstücke gab er den Papagei. Der Papagei sprach: »Lebe wohl, Jüngling, du hast mich gut gepflegt, jetzt kehre heim!«

Der Herrscher nahm diesen Papagei, trat zu der Fürstin ein und sprach: »Ei, Fürstin, ich habe dir einen Papagei gebracht, weshalb läßt du mich dir nicht nah kommen?«

Die Fürstin sprach: »Nein, geh! Ich liebe dich nicht.«

Der Fürst ging hinaus. Da sprach der Papagei zu der Fürstin: »Ist dies dein Gemahl?«

Die Fürstin sprach: »Es ist mein Gemahl.«

Der Papagei sprach: »Was, liebt ihr denn euren Gemahl nicht?«

Die Frau sprach: »Ei, Papagei, ich will dir den Grund sagen. Mein Mann und der Wesir sind in ein anderes Land fortgegangen, ich weiß nicht, weshalb. Seit er zurückgekommen, ist mein Gemahl ganz verändert, er hat einen anderen Atem, einen anderen Charakter, eine andere Sprache. Darum lasse ich ihn nicht zu mir.«

Da sprach der Papagei: »Einst ist zu euch ein Gast gekommen, den habt ihr drei Tage bewirtet. Darauf bat er euren Gemahl: Setze dich zu mir, wenn du, der Mächtige, bei mir stehst, schäme ich mich zu essen, kann nicht essen. Darauf habt ihr mit dem Gast zusammen gesessen und getrunken. Der Gast sprach zu dem Herrscher: Laß uns in den Garten gehen. In dem Garten hat er euren Gemahl einen Zauberspruch gelehrt. Er hat eine Taube getötet, seinen Zauberspruch gesprochen, ist in den Körper der Taube eingetreten, ist als Taube geflogen, während sein eigener Körper dalag. Darauf hat er abermals seinen Zauberspruch gesagt und ist wieder in seinen Körper eingetreten. Darauf hat er euren Gemahl den Spruch gelehrt. Der Mann hat diesen Spruch seinen Wesir gelehrt. Eines Tages sind sie nun beide mit dem Wesir als Tauben fortgeflogen. Der Wesir ist aber zurückgekehrt, als der Fürst schlief, ist in den Körper des Fürsten getreten und hat seinen eigenen Körper begraben. Dieser Fürst ist nicht euer Mann, es ist der Wesir im Körper des Fürsten, ich bin aber dein Mann. Du sprich nun, wenn der Fürst kommt: Zeige mir deine Kunst!«

Der Fürst trat ins Haus.

»O Fürstin«, sprach er, »warum liebst du mich nicht?«

Die Fürstin sprach: »Du hast in früherer Zeit von einem Gast, der zu uns gekommen, eine Kunst gelernt, die hast du deinem Wesir gelehrt, mich aber, so viel ich auch gebeten, hast du sie nicht gelehrt.«

Der Fürst sprach: »Ei, Fürstin, wenn das der Grund ist, so härme dich nicht, ich will sie dich lehren.«

Er brachte eine Taube herbei. Der Fürst fiel nieder, trat in die Taube. Da sagte der Papagei den Zauberspruch und trat in seinen dort liegenden Körper. Dann stand der Fürst auf und sprach: »Ei, Wesir, wunderst du dich? Ich tat dir nur Gutes, ich habe dich den Zauberspruch, den ich gelernt, gelehrt. Weshalb bist du nicht in deinen Körper, sondern in den meinigen getreten? Wie vielerlei Leiden habe ich gesehen, und wie habe ich gejammert, ich wurde eine Taube, ein Hirsch und habe viel geklagt, als ich Weidenzweige essen mußte, darauf trat ich in einen Habicht und zuletzt in einen Papagei. Jetzt bin ich, Gott sei Dank, wieder in meinem eigenen Körper. Du geh jetzt hin! In deinen Körper kannst du nicht wieder, der ist verfault, du leide jetzt als Taube Qualen.«

Der Wesir flog als Taube davon, der Herrscher kam zu seiner Frau und umarmte sie. Sie weinten vor Freude. Der Fürst übernahm wieder die Herrschaft in seinem Reich und lebte glücklich.

[Sibirisches Märchen]

Der Flug in den Himmel des Königsgeiers

In alter Zeit war Krieg zwischen zwei Stämmen. Der eine Stamm hieß Kuyalakog, der andere Palawiyang. Die Palawiyang griffen die Kuyalakog an. Sie töteten einige, als sie zur Pflanzung gegangen waren. Deshalb vereinigten sich die Kuyalakog, um die Palawiyang zu vernichten. Sie kamen und griffen sie an. Sie kamen an das Dorf, das aus fünf Häusern bestand, und zündeten es an zwei Stellen an, bei Nacht, damit es hell wurde und die Feinde nicht im Dunkeln entfliehen konnten. Sie töteten viele mit der Keule, als sie aus den Häusern entweichen wollten.

Ein Mann namens Maitchaule legte sich unversehrt zwischen einen Haufen Toter und bestrich sich Gesicht und Leib mit Blut, um die Feinde zu täuschen. Die Kuyalakog gingen weg. Sie glaubten, alle seien tot. Der Mann blieb allein zurück. Dann badete er und ging zu einem anderen Haus, das nicht weit entfernt war. Er dachte, es seien Leute dort, aber er fand niemand. Alle waren geflohen. Er fand nur Maniokfladen und einen Bratspieß mit Fleischresten und aß. Dann dachte er nach. Er ging aus dem Haus hinaus und weit weg. Dann setzte er sich hin und dachte an seinen Vater und an seine Mutter, die die Kuyalakog getötet hatten, und daß er nun niemand mehr habe.

Dann sagte er: »Ich will mich zu meinen Gefährten legen, die tot sind!«

Er kehrte voll Furcht nach dem verbrannten Dorf zurück. Dort waren sehr viele Aasgeier.

Maitchaule war ein Zauberarzt und hatte von einem wunderschönen Mädchen geträumt. Er verscheuchte die

Aasgeier und legte sich neben seine toten Gefährten. Er hatte sich wieder mit Blut beschmiert und hielt die Hände an den Kopf, damit er sofort zugreifen konnte. Dann kamen die Aasgeier wieder und stritten sich um die Leichen. Da kam die Tochter des Königsgeiers. Was tat nun die Tochter des Königsgeiers? Sie setzte sich Maitchaule auf die Brust. Als sie ihm in den Leib hacken wollte, ergriff er sie. Die Aasgeier flogen weg.

Er sagte zur Tochter des Königsgeiers: »Verwandle dich in eine Frau! Ich bin so allein hier und habe niemanden, der mir hilft.«

Er nahm sie mit nach dem verlassenen Haus. Dort hielt er sie wie einen zahmen Vogel. Er sagte zu ihr: »Ich gehe jetzt fischen. Wenn ich zurückkehre, will ich dich in eine Frau verwandelt wiederfinden!«

Er ging fischen, verschloß das Haus und ließ die Tochter des Königsgeiers zurück. Da verwandelte sich die Tochter des Königsgeiers in eine Frau. Sie setzte einen Topf an das Feuer und tat alle Arbeit einer Frau. Sie machte Kaschirí und tat es in eine Kürbisflasche. Dann verwandelte sie sich wieder in einen Aasgeier, denn sie schämte sich noch vor dem Mann.

Da kam Maitchaule zurück mit Fischen, Wildbret und einem Hirsch. Er kam in das Haus und hatte großen Durst. Er fand das Haus offen, aber der Aasgeier war drinnen.

Er ging aus dem Haus und fand Spuren von Menschen. Es waren die Spuren der Frau, die Brennholz geholt hatte. Er ging den Spuren nach und fand, daß jemand im Wald Brennholz gebrochen hatte. Da wurde er mißtrauisch. Dann ging er den Spuren nach, die zurückführten und kam so nach dem Hause zurück. Er fand auch Spuren, die zum Hafen gingen, wo das Mädchen Wasser geholt hatte. Er ging ihnen nach und kam zum Hafen. Alle Spuren, die er fand, führten zum Hause zurück. Er kam zum Haus und fand die Kürbisflasche mit Kaschirí. Er fand eine Kalabasse und trank Kaschirí. Dann legte er sich nieder und dachte über die Menschenspuren nach. Vielleicht sind es Leute, die ihn angreifen wollen! Er fand auch Wasser im Haus und Brennholz. Es fehlte nichts. Dann zerlegte er den Hirsch, machte einen Bratrost, röstete den Hirsch und gab der Tochter des Königsgeiers davon zu essen. Diese aß davon. Er briet auch alle Fische und schlief dann in dieser Nacht.

Vor Tagesanbruch verwandelte sich die Tochter des Königsgeiers wieder in einen Menschen und ging weg, Wasser zu holen. Sie brachte Wasser und ließ das Haus offen. Er hatte das Haus wohl verschlossen. Er schlief. Sie machte Feuer an, stellte den Pfeffertopf ans Feuer und tat ein Stück Hirschbraten hinein. Sie kochte es und ließ es am Feuer stehen. Als Maitchaule am Morgen erwachte, war das Essen fertig. Er hatte Maniokfladen. Er blieb mißtrauisch, als er den Topf am Feuer fand und sagte: »Hier sind Leute!«

Das Mädchen hatte sich wieder in einen Aasgeier verwandelt. Sie wollte sich ihm nicht zeigen. Dann ging er weg mit Bogen und Pfeilen, verschloß das Haus, ging ein Stück weit und kehrte dann zurück. Er wollte sehen, wer dies alles tat. Er verbarg sich in der Nähe des Hauses. Er hatte seine Angelrute absichtlich mitten im Haus liegen lassen. Er blieb versteckt und wartete. Da öffnete das Mädchen das Haus und trat heraus. Es war ein sehr schönes Mädchen mit vielen Perlenschnüren an der Brust, an den Armen und Beinen. Sie hatte eine schöne Perlenschürze an. Das Mädchen ging zum Hafen. Maitchaule ging in das Haus, nahm die Angelrute und verbarg sich hinter dem Eingang. Da kam das Mädchen zum Haus zurück. Sie wußte von nichts und glaubte, der Mann sei weit. Sie trug Wasser. Sie stellte das Wasser hin und legte sich in die Hängematte. Da kam Maitchaule hinter dem Eingang hervor mit der Angelrute in der Hand. Er sagte: »Jetzt habe ich eine Frau!«

Sie wickelte sich voll Scham in die Hängematte.

Er sagte: »Schäme dich nicht!« und legte sich zu ihr.

Dann sagte er zu ihr: »Habe ich es dir nicht gesagt, du solltest dich in eine Frau verwandeln, um mit mir zu leben? Jetzt habe ich keine Mutter mehr. Ich habe niemand mehr. Ich bin ganz allein. Jetzt gehe nicht weg! Bleibe hier als meine Frau! Wir haben Pflanzungen. Ich habe die Pflanzungen nicht angelegt, aber ich habe sie übernommen. Meine Verwandten sind alle geflohen aus Furcht vor dem Krieg mit den Kuyalakog. Jetzt kommen meine Verwandten nicht mehr. Wenn Essen fehlt, ich gehe jagen und fischen, Hirsch, Tapir oder Fische. Ich bin da, daß du keinen Hunger leidest. Jetzt bleibe hier im Haus und mache Maniokfladen für uns zu essen! Gehe nicht weg!«

Er ging jagen und fischen und ließ sie im Hause zurück. Er tötete einen Hirsch und zwei Schweine und brachte sie heim. Sie hatte Maniokfladen bereitet und war dabei, Kaschirímasse zu machen. Er zerlegte den Hirsch und die beiden Schweine und legte die Stücke auf den Bratrost.

Dann sagte er: »Das kannst du essen, wie du willst, roh oder gekocht!«

Dann aß er mit ihr, und sie gewöhnte sich schnell an ihn. Sie hatte ihn gern, denn er brachte viel Wildbret heim. Er schlief die Nacht mit ihr.

Danach blieben sie einige Zeit in diesem Haus. Dann sagte sie: »Jetzt will ich meine Familie sehen! Habe Geduld!«

Maitchaule wollte sie nicht lassen. Er sagte zu ihr, wenn sie wegginge, würde er einen Strick nehmen und sich erhängen.

Da sagte sie: »Nein! Ich gehe nicht weg! Ich gehe rasch, um meine Familie zu besuchen. Bleibe hier und erwarte mich hier! Gehe nicht weg von hier! Ich kann dich nicht mitnehmen, ohne daß dich mein Vater sieht. Ich gehe Zauberkräuter holen und Kleider, dich zu bekleiden, damit du fliegen kannst, wie wir fliegen. Ich werde meinem Vater sagen, daß ich mit dir verheiratet bin.« Dann sagte sie: »Weine nicht, wenn du mich vor dem Hause zum Himmel fliegen siehst!«

Er ging mit ihr zum Haus hinaus und sagte zu ihr: »Gehe nicht weg! Bleibe bei mir! Laß deinen Vater!«

Sie beruhigte ihn und sagte: »Ich werde dich nicht verlassen. Ich will nur meinem Vater sagen, daß er jetzt einen Schwiegersohn hat.«

Maitchaule wollte sie nicht weglassen. Da sagte sie: »Gut! Schneide mir meine Haare ab!«

Der Mann schnitt ihr die Haare ab. Dann sagte sie: »Schneide ein Stück Bambus ab, stopfte die Haare hinein, blase Tabakrauch darauf und verstopfe es mit Bienenwachs! Wenn ich morgen nicht zurückkehre, so verstopfe es mit Pech! Dann muß ich dort sterben!«

Dann verabschiedete sie sich und sagte: »Wenn ich nicht morgen sehr früh zurückkomme, komme ich nachmittags.«

Dann ging sie weg, und er schaute ihr nach. Sie hüpfte mehrmals auf, verwandelte sich in einen Aasgeier und flog in Kreisen hoch und immer höher. Er schaute ihr nach, bis sie ganz klein wurde und verschwand. Da trat er ins Haus zurück, legte sich in die Hängematte und dachte viel nach. Er schlief nicht in dieser Nacht, sondern dachte immer nach. Er machte sich eine Zigarre und setzte sich hin. Als er mit dem Rauchen fertig war, ging er ins Haus und legte sich schlafen. Er träumte. Im Traum sagte sie zu ihm: »Ich bin schon auf dem Heimweg mit zwei Schwägern.«

Er erwachte plötzlich, ging vor das Haus und setzte sich nieder. Er war aufgeregt durch den Traum. Er schaute in die Höhe. Da sah er drei Aasgeier, wie er geträumt hatte, zwei weiße und einen schwarzen.

Er wurde froh, als er sie erblickte. Sie kamen, in Kreisen fliegend, herab, bis sie ganz nahe über ihm waren.

Sie sagte zu ihm: »Hier sind meine Brüder! Schäme dich meiner nicht! Ich schäme mich deiner auch nicht! Ebenso kannst du mit diesen da verkehren.«

Die Schwäger gewannen ihn lieb.

Dann sagte sie: »Wir bleiben hier zwei Tage und gehen dann weg zum Himmel.«

Da forderten ihn die Schwäger auf, einen Hirsch für sie zum Essen zu töten. Er schoß einen Hirsch und brachte ihn heim. Die Schwäger zerlegten den Hirsch, kochten ihn und aßen ihn. So blieben sie zwei Tage im Hause des Schwagers.

Als sie kamen, hatten sie ihm ein Federkleid der Königsgeier mitgebracht. Die Frau befahl, ihren Mann damit zu bekleiden. Er zog das Kleid an und verwandelte sich in einen Aasgeier. Die Frau kaute Zauberkräuter und blies ihren Mann damit an.

Sie sagte: »Jetzt wollen wir weggehen! Habe keine Furcht! Ich komme hinter dir her.«

Die Schwäger flogen schon in Kreisen über ihm und erwarteten ihn. Sie sagte zu ihm: »Jetzt schlage mit den Flügeln! Wenn du mit den Flügeln schlägst, wirst du die Leiter sehen, die dort festgebunden ist.«

Als er mit den Flügeln schlug, wurde er leicht. Er sah die Leiter und stieg auf ihr hinter den Schwägern her. Seine Frau flog hinter ihm, um ihn aufzufangen, wenn er fiel. Er stieg empor, bis er dem Himmel nahe war. Als er dem Himmel nahe war, sah er den Eingang. Seine Frau war dicht hinter ihm, um ihn aufzufangen. Sie kamen an den Eingang und traten ein. Das Haus des Königsgeiers war nicht weit vom Eingang des Himmels. Die Schwäger und die Frau gingen voraus. Er blieb zurück.

Sie sagten: »Wir wollen unsern Vater rufen, damit er dich sieht!«

Sie kamen in das Haus von Kasanapodole, dem Vater der Vogelfrau, und sagten zu ihm, daß der Mann dort stehe. Der Alte freute sich und ging mit seinen Söhnen hinaus, um den Mann seiner Tochter zu sehen. Er fand Maitchaule und sagte zu ihm: »Wir wollen ins Haus gehen!« Er nahm ihn mit in sein Haus. Er nahm ihn sehr gut auf. Es waren viele Leute da. Wenn sie im Himmel ankommen, ziehen die Königsgeier die Kleider aus und sind dann Leute.

Es vergingen einige Tage. Da sagte seine Frau zu ihm: »Wenn du Hunger hast, so gehe in das Haus der Periquitos! Sie haben Maiskaschirí. Du brauchst nicht zu trinken, was wir hier trinken. Gehe in das Haus des Papagei! Dort bekommst du Maiskaschirí. Gehe in das Haus der gelben Periquitos! Sie haben Maiskaschirí.«

Alle Papageien, Periquitos und Araras haben Maiskaschirí. Im Himmel sind sie alle Leute. Er ging in das Haus der Papageien und trank dort Maiskaschirí und führte ein gutes Leben mit den Papageien, Araras und Periquitos.

Eines Tages sagte der Königsgeier zu seiner Tochter: »Sage deinem Mann, daß er den See in zwei Tagen austrocknen solle!«

Es war ein sehr großer See. Als Maitchaule aus dem Haus der Periquitos zurückkehrte, sagte seine Frau zu ihm: »Mein Vater hat gesagt, du solltest den See in zwei Tagen austrocknen.«

Der Königsgeier wollte seinen Schwiegersohn töten und fressen, wenn er dies nicht fertigbrächte.

Maitchaule sagte zu seiner Frau: »Ich weiß nicht, wie ich diesen See austrocknen soll.«

Dann verstopfte er den Zufluß des Sees und fing an, das Wasser auszuschöpfen, so daß es zum Fluß ablief. Da begegnete ihm eine Wasserjungfer. Sie sagte zu ihm: »Was machst du da, Schwager?«

Er antwortete: »Kasanapodole hat mir befohlen, diesen

See auszutrocknen. Er hat mich auf die Probe gestellt. Er will mich fressen.«

Die Wasserjungfer sagte: »Er wird dich nicht fressen! Wir helfen dir! Wir trocknen den See aus!«

Dann begegnete ihm der Vogel Uoimeg. Er fragte ihn: »Was machst du da, Schwager?«

Da antwortete die Wasserjungfer: »Dieser Mann hier ist beauftragt von Kasanapodole, diesen See auszutrocknen.«

Uoimeg sagte: »Gut! Ich helfe ihm.«

Da sagte die Wasserjungfer: »Du gehst auf den Weg und benachrichtigst mich, wenn Leute kommen!«

Uoimeg antwortete: »Gut! Ich gehe auf den Weg und gebe acht. Wenn Leute kommen, rufe ich ›Uoimeg, Uoimeg!‹ Dann versteckt ihr euch!«

Er ging auf den Weg. Die Wasserjungfern – es waren viele – fingen an, Wasser auszuschöpfen. Sie befahlen Maitchaule, sich niederzusetzen und sagten zu ihm: »Wenn Uoimeg singt, nimmst du die Kalabasse und schöpfst Wasser aus.«

Die Wasserjungfern schöpften nun in aller Eile Wasser aus. Uoimeg lauerte auf dem Weg, ob Leute kämen. Sie schöpften so viel Wasser aus, daß der See schon anfing trocken zu werden. Da sang Uoimeg auf dem Weg. Alle Wasserjungfern versteckten sich, und Maitchaule ergriff die Kalabasse. Da kam seine Frau und sagte: »Mein Vater schickt mich zu fragen, ob du fertig seist.«

Er antwortete: »Ich bin noch nicht fertig.«

Da sagte sie: »Wenn du bis morgen nicht fertig bist, kommt mein Vater hierher.«

Dann ging die Frau weg. Da erschienen die Wasserjungfern wieder und begannen von neuem Wasser auszuschöpfen. Sie schöpften viel Wasser aus, und der See wurde trokken. Da kamen alle Tiere zum Vorschein, die in dem See waren: viele große Wasserschlangen, Alligatoren, Fische, Schildkröten u. a.

Dann sagte die Wasserjungfer: »Fertig, Schwager! Jetzt kannst du es deinem Schwiegervater sagen!« Sie gingen weg.

Maitchaule ging weg mit Uoimeg. Er kam in das Haus. Uoimeg blieb draußen nahe beim Haus. Maitchaule sagte zu seinem Schwiegervater: »Der See ist trocken!«

Da freute sich der Alte.

Maitchaule sagte: »Es sind dort viele Fische, Wasserschlangen, Alligatoren!«

Da schickte Kasanapodole einen seiner Söhne aus, nachzusehen, ob es nicht vielleicht eine Lüge seines Schwiegersohnes sei. Der Sohn des Königsgeiers ging hin, nachzusehen und fand sehr viele Fische, Alligatoren, Schlangen, denn der See war groß.

Dann befahl der Alte, alle Fische aufzuschneiden und auf Blätter zu legen, sie mit Blättern wieder zuzudecken, wie man es beim Kaschirí macht. Sie aßen viel davon.

Was tat Kasanapodole dann? Er befahl seinem Schwiegersohn, auf einem Felsen ein Haus zu bauen. Wenn er es nicht fertigbrächte, wollte er ihn töten und fressen. Er befahl dies alles in der Absicht, ihn zu töten. Maitchaule ging weg. Maitchaule kam zum Felsen, da begegnete ihm der Regenwurm.

Er fragte ihn: Was machst du da, Schwager?«

Maitchaule antwortete: »Kasanapodole hat mich beauftragt, hier auf dem Felsen für ihn ein Haus zu bauen.«

Der Regenwurm sagte: »Gut! Ich will hier in den Felsen eindringen! Wenn ich eingedrungen bin, setze sofort die Hauspfosten in das Loch!«

Sogleich drangen viele Regenwürmer hier und dort in den Felsen ein. Die Hauspfosten lagen fertig da. Der Alte hatte sie schlagen lassen. Maitchaule setzte alle Hauspfosten ein und fügte die Querbalken an. Als er das Dachgerüst fertig hatte, begegnete ihm der Webervogel.

Dieser fragte ihn: »Was machst du da, Schwager?«

Er antwortete: »Kasanapodole hat mir befohlen, hier auf diesem Felsen ein Haus für ihn zu bauen.«

Da sagte der Webervogel: »Gut, Schwager! Ich will dir helfen!«

Er deckte das Haus in einem Augenblick, schloß nun alle Wände und machte einen Zugang vorn und hinten. Dann sagte er: »Jetzt kannst du zu deinem Schwiegervater gehen und ihm sagen, daß das Haus fertig ist.«

Maitchaule ging zum Hause seines Schwiegervaters und sagte ihm, das Haus sei fertig. Der Alte freute sich und ging hin, das Haus zu sehen. Er fand das Haus schön und kehrte nach Hause zurück.

Dann sagte er zu seinem Schwiegersohn: »Jetzt mache mir eine Bank aus Stein mit zwei Köpfen wie mein Kopf!«

Der Alte wollte die Bank für sein neues Haus haben. Nahe dem Haus war ein runder Fels. Da begegneten ihm die weißen Termiten.

Sie fragten ihn: »Was machst du da, Schwager?«

Er antwortete: »Ich bin dabei, hier eine Bank zu machen für Kasanapodole. Er befahl, zwei Köpfe daran zu machen, wie sein Kopf.«

Da sagten ihm die Termiten: »Wir wollen dir alle helfen! Wir wollen eine Bank machen, aber eine Bank, die geht, wie die Leute!«

Sie machten die Bank, und bis zum Mittag waren sie damit fertig. Dann riefen sie: »Fertig, Schwager! Die Bank ist fertig! Aber fürchte dich nicht! Wenn du zur Bank sagst: ›Gehe dahin! Wechsle deinen Platz, meine Bank‹, dann geht sie. Wenn du zu ihr sagst: ›Bleibe stehen, meine Bank‹, dann bleibt sie stehen.«

Er ging zum Hause seines Schwiegervaters. Kasanapodole gab ihm Kaschirí zu trinken. Es waren alle die verfaulten Tiere aus dem See, Fische, Alligatoren, Schlangen, die voll Würmer waren. Das ist das Getränk für die Königsgeier. Er trank nichts davon, sondern gab alles seiner Frau. Er aber trank Maiskaschirí im Hause der Periquitos, Papageien und Araras. Maitchaule verbarg heimlich ein Maiskorn in seinem Mund und nahm es mit, als er wieder hinunter auf die Erde ging. In jener Zeit hatten die Leute auf Erden noch keinen Mais.

An diesem Tag, als er seinem Schwiegervater gemeldet hatte, die Bank sei fertig, sagte er zu ihm: »Erschrick nicht vor der Bank!«

Kasanapodole sagte zu Maitchaule: »Komm mit mir!«

Sie gingen zu dem neuen Haus. Als die Bank fertig war, hatte Maitchaule die Wespen daran gesetzt und zu ihnen gesagt: Wenn Kasanapodole sich auf die Bank setzt, stecht ihn!«

Maitchaule forderte nun seinen Schwiegervater auf, sich auf die Bank zu setzen. Dann sagte er zur Bank: »Gehe ins Haus!«

Als sich Kasanapodole auf die Bank setzte, wurde er von den Wespen zerstochen, und die Bank lief mit ihm weg. Da erschrak der Alte so, daß er aufsprang und weglief, ganz zerstochen von den Wespen. Er stieß mit dem Kopf an einen Baum und fiel zu Boden. Maitchaule befahl der Bank, immer hinter dem Alten herzulaufen. Der Alte lief wie verrückt nach seinem Haus; die Bank immer hinter ihm her. Der Alte lief in sein Haus und verschloß die Tür hinter sich. Die Bank blieb am Eingang stehen.

Dann dachte Maitchaule nach, wie er wieder auf die Erde hinunterkommen könnte. Da begegnete ihm die Nachtigall.

Sie fragte ihn: »Was machst du da, Schwager?«

Maitchaule antwortete: »Ich denke nach, wie ich nach unten zurückkehren kann.«

Da sagte die Nachtigall: »Warte, ich hole Zauberkräuter.«

Maitchaule blieb zurück. Nach kurzem kam die Nachtigall wieder mit Zauberkräutern. Sie sagte zu Maitchaule: »Bücke dich! Ich will dich mit Zauberkraut anblasen!«

Sie kaute es und blies ihn damit an. Maitchaule wurde sehr leicht. Dann befahl ihm die Nachtigall, ihr Kleid anzuziehen. Maitchaule zog das Kleid an.

Dann sagte der Vogel: »Jetzt schlage mit den Flügeln!«

Da flog Maitchaule. Sie flogen weg. Sie kamen zum Eingang des Himmels.

Da sagte der Vogel: »Jetzt bücke dich!«

Er bückte sich und flog durch den Eingang des Himmels. Sie flogen weg, abwärts. Die Nachtigall wußte, wo Maitchaules Verwandten waren. Sie führte Maitchaule zum Hause seiner Verwandten. Nahe dem Haus war ein Bach, wo der Hafen war.

Der Vogel ließ ihn am Hafen und sagte zu ihm: »Jetzt gehe zu deinen Verwandten! Ich gehe weg!«

Maitchaule kam in das Haus seiner Verwandten.

Sie erkannten ihn und fragten ihn: »Wo kommst du her? Wo bist du gewesen?«

Er antwortete: »Ich war im Himmel, im Haus des Königsgeiers.«

Er erzählte, er habe eine Tochter des Königsgeiers gefangen und sei von ihr zum Himmel getragen worden. Kasanapodole habe ihn fressen wollen. Deshalb sei er weggegangen. Die Nachtigall habe ihn hergebracht.

Er blieb hier bei seinen Verwandten. Sie hatten eine neue Pflanzung. Da pflanzte er das Maiskorn, das er mitgebracht hatte. Daraus entstand Mais mit zwei Kolben. Da wollten die Verwandten den Mais essen.

Er aber sagte: »Nein! Laßt ihn als Samen, um viel zu pflanzen!«

Dann schlugen sie eine andere Rodung und brannten und pflanzten Mais. Die anderen Verwandten erfuhren, daß er Mais hatte, und sie kamen und erbaten von ihm

Mais. So verbreitete sich der Mais. Es ist der Mais, den wir heute haben.

Maitchaule setzte auch die Wespen neben die Webervögel. Seit dieser Zeit sind die Webervögel immer vereint mit den Wespen. Die Webervögel machen Nester bei dem Haus der Wespen. Sie sind Freunde bis auf den heutigen Tag.

Das ist das Ende der Geschichte.

[Taulipang-Mythe aus Brasilien]

Der fliegende Taniwha

Einst lag eine seltsame graue Masse am Strand von Patea, die in der Dämmerung wie ein Felsen aussah. Ein Jäger, der in sein Dorf zurückeilte, erblickte das ungewöhnliche Etwas und überquerte den Sand, um nachzuschauen, was das sein könnte. Die Wellen umflossen es und spülten den Sand von seinen Seiten, wenn sie ins Meer zurückliefen. Als der Jäger das Etwas mit seinem Speer berührte, gab es wie Fleisch nach und so stieß er, weil er es für einen unbekannten Fisch hielt, seine Waffe in den Körper. Da brüllte das schlafende Ungeheuer auf vor Schmerz und wirbelte zu seinem Peiniger herum. Eine hornige Klaue schoß hervor und packte ihn um die Taille. Zwei Flügel entfalteten sich wie die Segel eines Kanus und schlugen in der Luft. Der Jäger wurde vom Strand hochgehoben und emporgetragen, denn das seltsame Ungeheuer war ein fliegender Taniwha.

Der Jäger blickte auf den Sand, der unter ihm vorbeiströmte. Die Schwingen schlugen stark über ihm, und sie erhoben sich immer höher in die Luft. Als der Mond aufging, wurde es kälter. Wald und See breiteten sich weit unter ihm wie eine fremde Welt aus. Bald ließen sie das Land hinter sich und man konnte nichts mehr sehen als kleine weißbekrönte Wellen, die im Mondlicht glänzten, und hauchdünne Wolkenschleier, die sich für einen Moment anhängten und dann zurückgelassen wurden.

So flogen sie die ganze Nacht, und als der Morgen dämmerte, ging die Sonne in einem anderen Land auf. Es war Hawaiki, die Heimat des Maori-Volkes. Der Taniwha zog

Kreise in der Luft und landete auf einer Lichtung, die von großen Bäumen umgeben war. Der Jäger hatte keine Augen für die lieblichen Blumen und Früchte, die an den Bäumen hingen. Wo er auch hinblickte waren Taniwha, große Geschöpfe mit schimmerlosen Augen, zusammengefalteten Flügeln und starken Vogelklauen.

Der Taniwha, der ihn entführt hatte, begann mit einer Stimme zu sprechen, die wie das Donnern einer Lawine klang, aber der Jäger verstand die meisten seiner Worte: »Dieser gemeine Kerl hat mich verletzt. Er muß getötet werden.«

»Woher kommt er?« fragte ein älterer Taniwha.

»Von Kupes Land. Er ist ein Mann, der von den Fischen von Maui lebt.«

»Was hast du dort gemacht, o Taniwha?«

»Ich habe gerastet.«

»Wo hast du gerastet, o Taniwha?«

»Am Strand von Patea.«

»Lagst du auf dem Sand oder im Wasser?«

»Als ich am Strand eingeschlafen war, erreichte mich unvermutet das Wasser.«

Ein alter Taniwha, weißgebleicht im Lauf von Tausenden von Jahren, hievte sich auf die Beine und dehnte seine zerfetzten Schwingen.

»O Taniwha«, sagte er mit seiner tiefen Stimme, »deine eigene Zunge hat dich verurteilt. Die Luft ist deine Heimat; das Land ist es für dich und uns, wenn wir müde sind. Die Luft ist nicht der Ort für den Wasser-Taniwha, und das Wasser ist nicht der Platz für den Taniwha der Luft. Dieser Mann tat recht, als er versuchte, dich zu töten, an dem Ort, wo er dich gefunden hat.«

Der Kreis der Taniwhas nickte zustimmend.

»Was sollen wir mit dem Mann tun?« fragte einer von den Jüngeren. Der älteste Taniwha zeigte mit einer hornigen Kralle auf ihn.

»Du wirst ihn wieder zurücktragen zu den Fischen von Maui, Jüngster der Taniwha«, sagte er. »Nimm ihn gleich jetzt.«

So wurde der Jäger wieder nach Hause gebracht. Als sie sich Patea näherten, griff er nach oben und rupfte einige Federn aus den Flügeln des Taniwha. Diese Federn wurden zu einem kostbaren Besitz. Eine von den Federn gab er dem Tama-ahua von Whanganui. Tama hatte ein anderes Zuhause in Wai-totara, aber die Reise dorthin war lang und ermüdend. Doch mit einer Taniwha-Feder wurde er selbst zu einer Art Taniwha, und im kalten Mondlicht pflegte er über den Baumspitzen von Whanganui nach Wai-totara zu schweben, mit dem magischen Talisman in seiner Hand.

[Maori-Mythe aus Neuseeland]

[Aus dem Englischen übersetzt von Wolfgang Behringer]

Der Prinz mit den Granatapfelzähnen

Gut, hört zu! Es war einmal – oder nicht? Es war einmal ein König. Doch unser aller König ist Allah, dessen Name gelobt sei. Gewißlich. Gut! Es war einmal ein König. Der hatte eine liebliche Tochter. Ebenfalls eine liebliche Tochter hatte der Wazir.

Die beiden Mädchen liebten sich sehr und versprachen einander, niemals zu heiraten. Sie gingen in den blühenden Gärten des Palastes spazieren, sie saßen auf weichen Teppichen und spielten und sangen.

Manchmal stickten sie auch fein und sehr zart.

Eines Tages jedoch kam die Stunde, wo das fröhliche Leben der beiden Freundinnen ein Ende nehmen sollte. Der Wazir hatte für seine Tochter einen Gemahl aus edlem Geschlecht gewählt. Als das Mädchen das erfuhr, sträubte sie sich gegen diese Heirat und beschwor ihren Vater, dieses Versprechen doch rückgängig zu machen. Der Wazir sagte jedoch nein, und die Tochter mußte sich fügen.

Die Königstochter wurde sehr zornig, als sie hörte, daß ihre Freundin das Versprechen gebrochen hatte. Dann aber kam große Trauer über sie. Sie schloß sich in ihr Gemach ein und weinte sehr. Niemandem gewährte sie Zutritt.

Am dritten Tage klopfte es an die Tür, und eine Mädchenstimme bat um Einlaß. Es war die Sklavin der Wazirentochter, die ein großes Tablett, überhäuft mit Geschenken, in den Händen hielt. Aber die Prinzessin schrie sie so laut an, daß die Sklavin das Tablett mit all den Kostbarkeiten fallen ließ und erschreckt davonlief. Auf den Lärm hin erschien die Lieblingssklavin der Prinzessin, las die Geschenke vom Teppich auf und fand darunter auch einen schönen Granatapfel. Den schnitt sie auf und reichte die glänzende Frucht der Prinzessin auf einem Teller dar.

»Oh schau doch«, sagte sie, »was für prächtige Kerne der Granatapfel hat! Genau wie die Zähne des schönen Prinzen!«

Da plötzlich horchte die Prinzessin auf. »Von welchem Prinzen redest du?«

»Nun, von dem Prinzen mit den Granatapfelkernzähnen«, sagte die Sklavin.

»Und in welchem Reich wohnt er?«

»Das kann ich dir leider nicht sagen, Gebieterin«, antwortete die Sklavin.

»Bitte, sag es mir doch«, flehte die Prinzessin, »ich bin bereit, dir dafür die Freiheit zu schenken.«

Die Sklavin schaute sich um und ging dann auf die Prinzessin zu und flüsterte ihr ins Ohr: »Frag deinen großen Vogel draußen im Garten, der weiß es und wird dich dorthin fliegen.«

Und damit war sie auch schon verschwunden.

Die Prinzessin konnte es kaum erwarten, bis die Dämmerung hereingebrochen war und der Mullah sein Abendgebet sang. Denn zu dieser Stunde wußte sie alle zum Gebet versammelt und konnte ungesehen in den Garten eilen. Dort fand sie den großen Vogel und sagte zu ihm: »Bitte bring mich zu dem Prinzen mit den Granatapfelkernzähnen!«

»Ja«, antwortete der Vogel, »das kann ich wohl, doch ist der Weg dorthin sehr weit. Über große Wälder und drei Königreiche führt er, und wir können nur bei Dunkelheit fliegen, sonst schießen mich die Jäger ab. So halte dich morgen um dieselbe Stunde bereit. Wenn der Mullah sein Abendgebet singt, werde ich dich von deinem Balkon abholen. Aber versprich mir zuvor noch eins: laß mir morgen statt eines Lammes zwei Schafe zum Futter bringen, denn der Weg ist weit.«

Die Prinzessin versprach dem Vogel, seine Bitte zu erfüllen und kehrte ungesehen in ihr Gemach zurück. Nur ihrer Lieblingssklavin vertraute sie ihr Geheimnis an.

Am nächsten Tag kleidete sie sich schon lang vor Dämmerung und konnte die Stunde des Sonnenunterganges kaum erwarten. Als der Mullah sein Abendgebet rief, flog der Vogel zum Balkon der Prinzessin, ließ sie aufsitzen, hob seine Schwingen und flog der untergehenden Sonne zu. Er flog und flog und flog, und die Prinzessin wurde müde und schlief in den weichen Federn des Vogels ein. Erst als sich der Vogel in den Zweigen eines hohen Baumes niederließ, der das Dach eines Palastes überragte, wachte sie wieder auf.

»Wir sind am Ziel«, sagte der Vogel, »aber verweile nicht zu lang, denn wir müssen vor Tagesanbruch wieder zurück sein, und der Weg ist weit.«

Die Prinzessin glitt von dem Vogel herab auf das Dach, und von da aus kletterte sie auf einen Balkon. Durch eine offene Tür erblickte sie einen wunderschönen Knaben. Der schlief. Er hielt den Mund leicht geöffnet, und zwischen den Lippen konnte man seine Zähne blinken sehen – Zähne so rot wie die Kerne des Granatapfels!

Da schlug der schöne Knabe auch schon die Augen auf; er erblickte die Prinzessin und fragte: »Wer bist du? Komm zu mir«, sagte er, »und erzähle mir deine Geschichte.«

Das Mädchen setzte sich neben den schönen Prinzen und erzählte ihm, wie sie durch die Sklavin das erstemal von ihm gehört hatte. Es erzählte von seinem Leben auf dem elterlichen Schloß und von seiner untreuen Freundin. Dann scherzten und lachten die Königskinder miteinander. Schließlich drängte die Prinzessin zum Aufbruch, sie dachte an den langen Heimweg, den sie noch bei Dunkelheit zurücklegen mußten. Sie gab dem Prinzen gerne das Versprechen wiederzukommen, verabschiedete sich von ihm, kletterte auf das Dach, setzte sich auf den Vogel und flog durch die Nacht zu ihrem elterlichen Schloß.

Zu Hause konnte die Prinzessin keinen Schlaf mehr finden. Immer mußte sie an den schönen Prinzen mit den Granatapfelkernzähnen denken. Oft ging sie in den Park zu dem starken, großen Vogel und bat ihn, doch endlich wieder zu dem schönen Prinzen zu fliegen. Doch der Vogel wollte nicht; ihm war die Reise zu anstrengend und zu gefährlich. Aber eines Tages gab er doch dem Drängen der Prinzessin nach, forderte jedoch fünf große Schafe als Stärkung für die Reise.

Diesmal schlief die Prinzessin während des Fluges auf dem Vogel nicht ein, so sehr freute sie sich darauf, den Prinzen wieder zu sehen. Kaum waren sie angekommen, da huschte sie auch schon in das Gemach des Prinzen. Die Mahnung des Vogels, sich ja nicht zu verspäten, hörte sie nicht mehr. Der Prinz schloß sie in seine Arme, und sie erwachte erst wieder, als die Morgenhelle über den Bergen aufstieg. Hastig nahm sie Abschied von ihrem Geliebten und kletterte zu dem Vogel auf das Dach. Der schlug schon wütend mit den Flügeln und versicherte der Prinzessin, niemals wieder werde er sie hierherfliegen. Doch die Prinzessin nahm die Drohung nicht ernst, denn sie war ja so glücklich. Auch die Jäger unter ihnen im Wald bemerkte sie nicht, die ihre Gewehre auf den großen Vogel richteten.

»Die Jäger werden mich jetzt treffen und töten«, sagte der große Vogel, »und wir werden in den Wald hinabfallen. Nimm du meinen Schnabel, er wird dir ewig Wasser spenden.«

Kaum hatte der Vogel geendet, da sank er auch schon getroffen in die Wipfel der Bäume. Das Mädchen nahm dem Vogel den Schnabel ab und kletterte hinunter auf den

Boden. Sie setzte den Schnabel an den Mund – und tatsächlich, er spendete frisches Wasser. Die Prinzessin wußte aber nicht, wo sie war... sie streifte durch den Wald und ernährte sich von dem, was sie eben fand. Jahre und Jahre vergingen, ihr Haar wurde lang und häßlich, die Fingernägel wuchsen immer länger, ihr Gesicht wurde schwarz, und die Kleider wurden zu Lumpen. Aber lassen wir das Mädchen in dem großen Wald und wenden wir uns dem Prinzen zu.

Lange wartete der Prinz auf seine Geliebte, und als sie nicht wiederkam, wußte der Prinz, daß das Schicksal sich gewendet hatte und die Prinzessin ihm untreu war oder tot. Nach dieser Gewißheit legte er sich nieder, sprach mit niemandem und wurde sehr krank. Alle Ärzte des Landes bemühten sich um ihn, aber keine Medizin konnte ihm helfen. Da schickte der König Boten in ein fernes Land, um die Prinzessin zu holen, die dem Prinzen seit ihrer Geburt anverlobt war. Er hoffte, daß sie vielleicht seinem Sohn helfen könnte. Die Verlobte ließ eine große Karawane zusammenstellen, sie selbst ritt auf einem weißen Kamel, das mit roten Bändern und Quasten geschmückt war, die sollten das Unheil während der langen Reise abhalten. Die Karawane zog viele Tage und Nächte. Manchmal ruhten sich Mensch und Tier in den Karawansereien aus, die am Wege lagen.

Als sie eines Tages durch einen dichten Wald zogen, verspürte die Prinzessin Durst und schickte eine ihrer Sklavinnen mit einem tönernen Krug los, ihr Wasser zu holen. Aber schon bald kehrte das Mädchen erschreckt mit leerem Krug zurück, denn ihr war, wie sie berichtete, im Wald eine schreckliche Hexe begegnet. Halb aus Neugier, halb um ihren Sklavinnen ihre Furchtlosigkeit zu beweisen, glitt die Prinzessin von dem weißen Kamel herab, nahm den Wasserkrug und schritt beherzt in den finsteren, dunklen Wald hinein. Die zurückgebliebene Gefolgschaft flehte um Allahs Gnade und Segen. Bald sah die Prinzessin ein wildes Wesen auf einem bemoosten Stein hocken.

»Bist du ein menschliches Wesen«, fragte sie, »oder gehörst du dem Reich der Geister, Hexen und Zwerge an, oh sprich!«

Das Wesen wischte sich die Haare aus dem Gesicht, und die Prinzessin konnte trotz Schmutz und Staub ein Mädchengesicht erkennen, das sagte:

»Ich bin ein Mensch wie du, doch hat mich ein böses Schicksal in diesen Wald hier verbannt, aus dem ich keinen Weg heraus finden kann. Aber ich seh an deinem Krug, du bist auf Wassersuche, komm!«

Und sogleich ergoß sich aus dem Vogelschnabel frisches, klares Wasser in den Krug.

»Wenn du willst«, sagte die Prinzessin, »kann ich dich mit meiner Karawane als Magd mitnehmen. Ich bin auf dem Weg in das nächste Königreich.«

Gern willigte das Mädchen ein und zog mit.

Als die Karawane angekommen war, trat ihr der König aus seinem Schloß entgegen, hob die Verlobte seines Sohnes aus dem Sattel, küßte sie väterlich auf die Stirn und sagte:

»Allah sei Dank, der dich auf dem weiten Weg beschützt hat, und gesegnet sei der Eintritt in unser Haus, oh Tochter!«

Doch die vom alten König so sehr gewünschte Genesung seines Sohnes trat nicht ein. Der Prinz blickte seine Verlobte nicht einmal an, als sie ihn begrüßte.

Da riet ein alter Wazir dem König, er sollte alle schönen Töchter der Stadt zusammenrufen und sie vor den Prinzen führen lassen. Vielleicht wäre eine unter ihnen, die seinem Herzen Freude schenken könnte. So wurden alle Schönen der Stadt gerufen und um den Prinzen in einem Kreis versammelt. Es waren wirklich die allerschönsten Töchter unter Allahs Sonne! Doch des Prinzen Blick glitt nur teilnahmslos über die Schönheiten, und müde winkte er, die Mädchen zu entlassen. Am nächsten Tag ließ der König alle häßlichen Töchter der Stadt ins Schloß rufen. Und auch da blickte der Prinz kaum auf, sondern lag müde auf seinem Lager. Verzweifelt fragte der König seine Sklavinnen, ob denn wirklich auch kein Mädchen vergessen worden sei.

»Ach doch«, sagte man, »da ist noch eine ganz häßliche und schmutzige Magd in der Küche, die dort die niedrigsten Arbeiten verrichtet und die die Verlobte des Prinzen unterwegs gefunden hat. Wir haben es nicht gewagt, sie in ihrem Schmutz und Gestank vor den Prinzen zu führen.«

»Wir müssen alles versuchen«, sagte der König, »laßt sie baden, salbt sie und laßt ihr kostbare Gewänder anlegen.«

Die Mädchen gingen nicht gerne, um dieses Mädchen von ihrem schmutzigen Lager zu holen – aber wie staunten sie, als das Mädchen in prächtigen Gewändern vor ihnen stand! Ihre Schönheit strahlte heller als der volle Mond am nächtlichen Himmel! Ehrfürchtig führten die Sklavinnen die schöne Tochter zum Prinzen. Das Mädchen ging leise auf das Lager des Prinzen zu und flüsterte: »Mein Prinz, mein Geliebter!«

Da drehte der Prinz sich um, sprang auf die Beine, er, der jahrelang den Boden mit seinen Füßen nicht mehr betreten hatte, und schloß das Mädchen lachend in seine Arme. Da zogen sich die Sklavinnen zurück und berichteten dem König von der glücklichen Wendung des Schicksals. Da ließ der König die ganze Stadt mit Blumen, blühenden Zweigen und Spiegeln schmücken, verteilte Brot unter alle Armen seines Reiches, und die Hochzeit wurde sieben Tage und sieben Nächte mit Musik und Tanz gefeiert.

Allah hat dieses Schicksal so gütig bestimmt, möge er unseres auch gütig wenden.

[Märchen aus Afghanistan]

Luftschiff und Zauberflugzeug

»Flug-Zeuge« im Wortsinn sind Gegenstände oder Vorrichtungen, die zum Fliegen dienen. Die Flügelkonstruktionen des Daidalos und der Greifenflug Alexanders des Großen sind uns als mythische Archetypen bekannt. Doch außereuropäische Länder kennen mit Flugmasken und Fliegebeutel andere Lösungen. Mit den künstlichen Tieren und Luftschiff-Vorstellungen werden in manchen Märchen bereits maschinenähnliche Vorrichtungen eingesetzt. Entscheidend ist der Einsatz von »Technik«, die jedoch immer rückgebunden ist an rituelle Verrichtungen.

Adlerflugzeug des Perserkönigs Xerxes

Vom Königssohn, der fliegen gelernt hatte

Es war einmal ein König, der hatte zwei Söhne, die jeder ein Handwerk lernen sollten. Der eine wurde ein Silberschmied, und der andere kam zu einem Schreiner, der auch was von der schwarzen Kunst verstand. Als er bei dem in der Lehre war, lehrte ihn sein Meister seine Künste ebensowohl wie sein Handwerk. Als die Brüder ausgelernt hatten und nach Hause wollten, um vor ihrem Vater ihr Meisterstück abzulegen, fragte der Schreiner den Silberschmied: »Nun, was hast du gemacht als dein Meisterstück?« antwortete er: »Einen silbernen Fisch«, und zeigte ihm den.

»Der ist ganz gut gemacht, so daß nichts daran fehlt, aber kann er auch schwimmen?«

»Wie sollte er das?«

»Setze ihn einmal ins Wasser. Wenn ich nun machte, daß er schwömme, wäre er dann nicht besser?« Sie setzten den Fisch aufs Wasser und richtig, da schwamm er.

»Was hast du denn gemacht?« fragte der andere.

»Ach, nur ein Paar hölzerne Flügel.«

»Die muß ich auch einmal sehen.«

Als jener sie ihm zeigte, verwunderte er sich und sprach: »Die hast du gar nicht schön gemacht!«

»Auf die Schönheit soll's auch nicht sehr ankommen, sondern auf das, was darin verborgen liegt, und das sollst du sehen, wenn wir zu unserem Vater kommen.«

Als sie nun zum Vater kamen, zeigte der Silberschmied seinen Fisch.

»Der ist ganz gut gemacht«, sagte der Vater, »das kann bestehen.«

»Ja«, antwortete der Sohn, »das ist noch nicht alles, er kann auch schwimmen, wenn ich ihn ins Wasser setze.«

Das taten sie, und da schwamm er hin, und der Vater wollte sich totwundern.

»Nun, was hast du denn gemacht?« fragte er Enne.

»Ach«, erwiderte der, »nur ein Paar hölzerne Flügel.«

Als der Vater die zu sehen bekam, schüttelte er den Kopf.

Enne, der das sah, sprach: »Sie sind wohl nicht schön gemacht, aber was darin steckt! Wer sie sich anspannt, der kann fliegen.«

»Das will ich einmal sehen.«

Enne machte das Fenster auf, spannte sich die Flügel an, und siehe da, er flog damit fort.

Nun hatte der Nachbarkönig ausrufen lassen und zum Gesetz gemacht, daß alle Mädchen, welche ein Kind bekämen und keinen Mann hätten, lebendig verbrannt werden sollten. Nachdem er das Gesetz erlassen hatte, fiel es ihm ein, und er sprach zu sich selbst: »Gottes Kreuz, ich habe selbst eine Tochter, wenn die das einmal überkäme! Dann wäre guter Rat teuer!«

Nun wollte er das Gesetz gern zurücknehmen, aber er durfte nicht, es mußte dabei bleiben. Aber damit seine Tochter das nicht überkomme, ließ er geschwind ein Schloß in der See erbauen; dorthin brachte er seine Tochter und gab ihr eine Magd mit, so daß nicht Mann noch Maus zu ihr kommen konnten, so war sie wohl verwahrt.

Das hörte Enne. »Aha«, dachte er, »nun ist es Zeit für dich«, spannte seine Flügel an, steckte eine Flöte in die Tasche, und flog auf den Turm zu.

Er setzte sich vor das Fenster der Stube, in welcher sie war, und blies auf seiner Flöte so über die Maßen schön, als wenn es ein Engel aus dem Himmel wäre, daß sie das Fenster öffnete und lauschte und sich nach dem Spieler umsah. Als sie ihn erblickte, erschrak sie zuerst, doch erholte sie sich bald und fragte, wer er sei.

»Ich bin der Engel Gabriel, und Gott hat mich gesandt, dir die Zeit zu verkürzen«, sagte Enne.

»Das sollte man fast glauben; so komm nur herein und spiele mir was vor.«

Er ging durch das Fenster und spielte ihr was vor bis an den Abend. Abends mußte er wieder nach Hause, denn sein Vater wollte es nicht leiden, daß er über Nacht ausblieb. Aber als er wegflog, bat sie ihn, den andern Tag wieder zu kommen und ihr etwas vorzuspielen. Das tat er und kam alle Tage und das so lange, bis sie ein Kind von ihm trug, während ihr Vater an nichts Schlimmes dachte.

Nun wollte der Vater auch einmal sehen, was seine Tochter mache, und fuhr nach dem Turm hin, aber wie erschrak er, als er sah, daß seine Tochter und ihre Magd nicht mehr allein waren.

»Was Teufel!« sagte er, »du bist schwanger?«

Sie bejahte das.

»Aber wie ist das möglich?« fragte der Vater. »Von wem bist du denn schwanger?«

»Von dem Engel Gabriel«, antwortete sie.

»Was Gabriel, du sollst verbrannt werden, so gut wie die erste beste.«

Sie mußte vom Turm wieder in die Stadt. Dort wurde ein großer Haufen Holz und Stroh zusammengefahren, auf dem sollte sie verbrannt werden. Als nun der Tag herankam, war Enne, der von allem Kunde bekommen hatte, auch auf dem Marktplatz und hatte seine Flügel verborgen bei sich. Als sie nun auf dem Scheiterhaufen saß und dieser angezündet werden sollte, trat Enne vor und sprach: »Sie ist unschuldig, ich habe sie verführt! Ich bin der Mann, der verbrannt werden muß, verbrennt mich!«

»Ach was, Torheit!« sagte der König, der das gehört hatte, »darüber habe ich kein Gesetz gegeben; sie soll und muß verbrannt werden.« Enne lief zum Scheiterhaufen, stellte sich zu ihr und rief: »Nun zündet nur an!«

Sie mochten sagen, was sie wollten, sie konnten es Enne nicht ausreden, so daß der König sprach: »Wenn das so ist, so ist der eine auch nicht besser als die andere, zündet sie nur an!«

Während sie das Feuer anfachten, spannte Enne seine Flügel an, und als das Feuer stärker wurde und der Rauch wolkendick aufstieg, nahm Enne die Königstochter auf den Rücken und flog mit ihr im dicksten Rauch davon, daß niemand sah, wo sie blieben, und flog nach seines Vaters Haus. Der Vater war damit zufrieden, daß sein Sohn ihm eine Schwiegertochter ins Haus brachte, und als nun die Hochzeit gegeben werden sollte, schrieb Enne an den König, der sein Schwiegervater werden sollte, er möge doch auf seine Hochzeit kommen, denn er wolle heiraten. Aber der König entschuldigte sich, er sei in Trauer und könne nicht kommen. Da schrieb Enne wieder, wenn er nicht komme, so müsse er das ansehen, als suche er Streit mit ihm, und kündigte ihm den Krieg an. Der König wollte lieber hingehen als Krieg haben und entschloß sich, mit seiner Frau zur Hochzeit zu ziehen. Als sie nun auf die Hochzeit kamen, sahen sie wohl den Bräutigam, aber nicht die Braut. Das verdroß sie, und sie wünschten, auch die Braut zu sehen. Als sie ihnen nun vorgestellt wurde, fragte Enne die Eltern, ob sie dieselbe auch wohl erkennten. Das verneinten sie und sagten: »Wenn wir nicht gewiß wüßten, daß unsere Tochter tot ist, so würden wir wohl sagen, daß es unsere Tochter sei; aber darum sind wir gerade in so großer Trauer, sie ist ja verbrannt.«

Enne sprach: »Seht einmal recht zu, ob sie es nicht ist.«

Und gut und wohl, sie war es. Nun ging es an ein Küssen und Liebhaben, und Enne erzählte ihnen, wie sich das zugetragen hatte, und sie freuten sich, daß es so gegangen war; und war die Hochzeit noch nicht gut gewesen, so wurde sie jetzt gut.

[Norddeutsches Märchen]

Pipi Korovu, der Schmetterlingsmann

Pipi, Sohn des Korovu, war ein Kari Marupi Mann. Er gehörte zum Kari-ipi Klan und entstammte der Linie Kari Marupis. Der Ort, an dem er lebte, hieß Auma, an der Mündung des Vailala. Tagtäglich, wenn die Sonne unterging, schaute er hinaus aufs Meer. Wenn er die Wolken beobachtete, sagte er zu sich: »Oh, wenn ich es nur wüßte! Vielleicht leben Menschen da drüben.«

Jeden Tag kletterte er auf den Felsen von Auma und stand und betrachtete die Wolken über dem Meer. Er dachte, vielleicht leben dort Menschen. Wenn die Sonne unterging, betrachtete er die schönen Kumuluswolken und dachte: »Oh, da drüben liegt so ein schönes Land. Eines Tages reise ich hin und schaue es mir an.«

Auf diese Weise hat er also auf die Wolkenbänke am Horizont geschaut, und da stand er dann mit seiner Sehnsucht. Einmal kam der Tag, an dem er sagte: »Eines Tages gehe ich hin. Ich habe keine Ahnung, wer da wohnt. Wenn es die Sorte Mensch ist, die andere umbringt, werden sie mich töten, aber wenn sie es nicht ist, werde ich nicht getötet.«

Eines Tages sagte er: »Ich werde Flügel anbringen wie ein Schmetterling.«

Er machte sich daran, Schmetterlingsflügel zu befestigen, aber sein eigenes biegsames Rohr wurde der Aufgabe nicht gerecht. Diese Rohrsorte gehörte seinem Klan. Er beschloß darum, als er sah, daß sein eigenes biegsames Rohr ungeeignet war, Eoe und Luru um ein paar ihrer Rotangstengel zu bitten. Eoe und Luru wohnten am Oberlauf des Vailala.

Nun, eines Tages stieg er hinauf an den Ort, wo Eoe und Luru wohnten.

»Oh!« riefen sie aus, »da bist du ja, Freund.«

Worauf Pipi antwortete: »He, hier bin ich.«

»Darf ich fragen, was du willst?«

»Nicht viel, wenn ich das sagen darf. Ich suche Rotangrohr. Ich bin da an einer Arbeit, und mein eigenes biegsames Rohr ist dafür ungeeignet. Würdet ihr beide mir einen Gefallen tun und mir etwas von eurem starken Rotang geben?«

Eoe und Luru erhoben sich und gaben ihm Rotangrohr, das sich zum Spalten und Befestigen eignete. Nachdem er so eine Ladung verschiedener Rotangstengel erhalten hatte, nahm er sie und machte sich auf zur Küste. Er wanderte und wanderte, bis er daheim an seinem offenen Meeresstrand ankam.

Er spaltete das Rotangrohr der Länge nach und legte es in die Sonne. Als es trocken war, baute er die Maske zusammen. Er machte weiter, bis die Maske fertig war. Dann schlüpfte er hinein und schwang sich in die Lüfte. Während er an Höhe gewann, suchte er Pfefferstengel, Betelnüsse und eine Gurde zusammen. Die Gurde ließ er fallen. Dann ließ er seine eigene Maske hinab und landete, um dieses Lied zu singen:

Ein Auma-Schmetterling bin ich,
Pipi Korovu,
Pipi Korovu.
Dies ist mein Wort,
Mein ureigenes Wort,
Ich bin Pipi Korovu.
Das Wort eines ruhmreichen Mannes,
der sich in die Lüfte begibt

Er stieg auf gen Westen und flog und flog dahin über das offene Meer. Als er so nach Westen flog, sah er eine Wolkenbank, die eine dichte Decke bildete. Genau so war es. Vielleicht war es der Ort, den er suchte, dieser Ort, der ganz von Wolken bedeckt war. Er schaute in die Richtung, genau in die Mitte des wolkenbedeckten Gebietes. Er flog weiter westwärts und schaute, und da guckte auf einmal ein Baumwipfel hervor. Als er den Wipfel sah, sagte er: »Oh, was steht denn da für ein schöner Baum. Vielleicht wohnen auch Leute da. Vielleicht gibt es ein Dorf.«

Nun, er flog zu der Stelle, bis er genau darüber war, und da lag Karis Wohnstatt offen da, Karis Dorf, Karis Meeresinsel, und auf der Meeresinsel war der *hurau*-Baum, Karis Baum, Kari Marupis Baum, der Hurau hieß. Da, wo der Hurau stand, rief er aus: »Oh, da steht ja ein schöner Baum in der Mitte«, und er flog weiter und ließ sich auf dem Baum nieder. Er kletterte auf den Baum und ließ sich auf einem Ast ganz oben im Wipfel nieder.

Da, wo er sich niederließ, waren zwei Mädchen, Aro und Pora, die beide Karis Töchter waren. Aro und Pora sahen ihn aber nicht. Während er sich hier und da niederließ, webten die beiden Mädchen ein Streichnetz, indem sie Löcher im Netz flickten.

»Oho!« sagte er, »was für zwei herrliche, richtig schöne Mädchen sitzen da. Ich werde die beiden heiraten.«

Von seinem Sitz aus warf er Früchte hinab, aber die beiden bemerkten ihn nicht. Er warf weiter Früchte hinab, bis sie ihm ausgingen. Dann holte er die Betelnuß und den Pfeffer hervor, die er in die Maske gesteckt hatte, als er zum ersten Mal vom Boden abhob. Dabei sagte er:

»Ah, ich lasse mein *aropero meiro-pero* zu ihnen hinunterfallen.«

Während er den Namen *aropora porapero* aussprach, ließ er seine *aropora porapero,* seine Betelnüsse, zu ihnen hinunterfallen.

Als er die Betelnüsse fallenließ, hob Aro sie auf und rief aus: »Oh, Pora, wo kommen nur diese Betelnüsse her?«

Die beiden blickten auf, und da hockte Korovu der Große über ihnen.

»Oh, dieser Schmetterling ist ein Mann, es ist kein Schmetterling. Wo bekäme er sonst die Dinge her, wenn es wirklich ein Schmetterling wäre?« Dann fügten sie hinzu: »Ausgezeichnete Betelnüsse.«

Da saßen die beiden denn mit den Betelnüssen in der Hand, und so ließ er die Pfefferstengel fallen. Als die Pfefferstengel herunterfielen, sagten die Mädchen zueinander: »Oh, da kommen ja schöne Pfefferstengel an. Sicher sind wir zwar nicht, aber vielleicht ist es ein Mann.«

Wie sie so dasaßen und ihre Pfefferstengel betrachteten, holte er die Kalkbüchse hervor und ließ sie fallen.

»Da!« riefen sie aus, »dieser Schmetterling ist doch ein Mann. Wir kauen jedenfalls seine Betelnüsse!«

So aßen sie also seine Betelnüsse und lutschten seinen Kalk, und Pipi gewann auf der Stelle ihre Zuneigung. Die beiden verliebten sich in ihn.

»Oh, was für ein schöner Mann. Wenn du wirklich ein Mann bist, komm herunter, wenn du aber ein Schmetterling bist, dann bleib da oben.«

Pipi antwortete aber nicht, sondern blieb einfach auf dem Baum sitzen. Er hockte sich mal hierhin, mal dahin, dann flog er auf und davon. Nun, die beiden gingen nach Hause, legten sich aber nicht schlafen. Der Abend nahte, und der Schmetterling, den sie gesehen hatten, beschäftigte immer noch ihren Kopf.

»Es war kein Mann, es war ein richtiger Schmetterling.«

Ihr Vater Kari arbeitete währenddessen auf dem Feld. Als er fertig war mit der Feldarbeit ging er ins Haus hinauf, und legte seinen Grabstock ab. Die beiden Töchter bereiteten das Essen. Als sie gegessen hatten, legten sie sich schlafen. Der Vater fiel in einen tiefen Schlaf. Die beiden Töchter lagen indessen lange wach. Dann hatte Aro einen Traum, in dem ihr Pipi erschien.

Er sagte: »Ich heiße Pipi, Sohn des Korovu. Ich wohne in Auma. Geht von eurer offenen See aus aufs große Land zu, und an dieser Stelle bin ich. Wenn jemand von eurem offenen Meer aus geht und immer weiter geht, wird er auf mein Dorf stoßen. Jeden Tag bildeten sich bei Sonnenuntergang und ruhigem Wetter Wolkenbänke. Wenn sie sich bildeten, sagte ich mir das folgende: ›Oh, vielleicht wohnen Menschen da draußen über dem Meer.‹ So war es jeden Tag, bis jetzt, bis ich die Idee mit der Schmetterlingsmaske hatte. Jetzt bin ich erschienen. Ich kam und ließ mich auf der Spitze eures *hurau*-Baumes nieder. Da machte ich es mir bequem und gab euch Betelnüsse und Pfeffer. So ist es also, daß ich mich in euch verliebte, als ich euch sah. Wenn ihr beide meine Zuneigung erwidert, heirate ich euch. Ich lebe allein, ich habe keine Frau. Ich lebe, wenn ich es so sagen darf, ganz für mich.«

Dann wachte Aro auf und erzählte Pora von ihrem Traum. Als sie damit fertig war, besprachen die beiden die Traumbotschaft, bis der Morgen anbrach.

Bei Tagesanbruch sagte der Vater: »He, ihr zwei bleibt zuhause. Ich gehe aufs Feld«, und ging davon. Die beiden Mädchen ergriffen ihre Fischernetze und gingen hinunter. Sie gingen hinunter und setzten sich unter den *hurau*-Baum. Aber das taten sie nicht, um Netze zu flicken. Sie saßen und warteten auf Pipi, und so warteten sie. Pipi seinerseits machte sich auf den Weg nach Westen, flog weiter und weiter und ließ sich auf dem Baum nieder.

Die beiden sagten: »He, wir haben deine Botschaft bereits im Traum gehört. Bist du ein Mensch, steh auf und komm 'runter, bist du aber ein Schmetterling, bleib oben.«

Aber Pipi hörte nicht auf ihre Worte, hockte sich mal hierhin, mal dorthin und sagte: »Oh, nein, das ist nichts für mich. Wenn ich heruntersteige, werde ich von ihrem Vater umgebracht. Vielleicht gibt es auch viele Männer im

Dorf, und wenn das der Fall ist, kommen die Männer vom Dorf, und ich werde von ihnen umgebracht.«

Voller Angst blieb er da oben sitzen. Nach einer Weile kam er dann ins Freie und ließ für die beiden wieder Betelnüsse und Pfefferstengel fallen. Nachdem das beendet war, hob er nach einer Weile ab und machte sich wieder auf den Weg zur Küste. Die nächsten beiden Tage machten sie es genauso.

Die zwei Tage verstrichen, und die Mädchen gingen wieder zum Haus hinauf und legten sich schlafen. Während sie in jener Nacht schliefen, gab es die zweite Erscheinung. In der Nacht sagte er im Traum zu den beiden: »Wollt ihr mich morgen, wenn ihr wach seid und gegessen habt, sehen, angenommen, euer Vater geht aufs Feld, wenn er seinen Grabstock nimmt und sich aufmacht, aufs Feld zu gehen, dann kommt beide herunter vom Haus. Wenn er aufs Feld geht, täuscht ihn, indem ihr das Wassergefäß nehmt, das Gefäß, mit dem ihr Wasser schöpft. Wenn ihr an die Wasserstelle kommt, sitze ich auf der Spitze des *hurau*-Baumes und halte meine Augen offen. Da werde ich sitzen, und wenn ich euch sehe, geht zur Wasserstelle, ich komme dann auch hin.«

Nun, bei Tagesanbruch wachten die beiden auf. Sie bereiteten ihrem Vater das Essen und gaben es ihm. Dann ging er aufs Feld. Die beiden Mädchen gingen hinunter und setzten sich wieder unter den *hurau*-Baum. Während sie unter dem Baum saßen, sahen sie Pipi daherkommen und sich niederlassen. Während er sich niederließ, gingen sie zum Haus, holten das Wassergefäß und gingen zur Wasserstelle, der Stelle, von der sie ihr Wasser schöpften. Während die beiden zum Wasser gingen, ging auch Pipi zur Wasserstelle. Dann hängte er seine Maske in einen Baumwipfel, und nachdem er das getan hatte, kletterte er herab und stand auf einem Ast.

Die beiden Mädchen gingen zum Wasser, und als sie

hineinschauten, sahen sie sein Spiegelbild im Wasser der Wasserstelle.

»Oh«, riefen sie aus, »das ist aber mal ein schöner Mann, hm? Wo ist er her?«

Alle beide sahen sein Spiegelbild und liefen schnell hinauf. Da oben suchten sie im Busch nach ihm. Sie riefen: »He, Mann, wenn du einer bist! Wir kennen deinen Namen schon. Du bist Pipi, Sohn des Korovu. Wenn du ein Mensch bist, erscheine, wenn du ein Schmetterling bist, steh auf und verschwinde.«

Dann gingen sie wieder hinunter und schauten ins Wasser, und da war er wieder. Dann gingen sie wieder hinauf und suchten weiter nach ihm, dann gingen sie wieder hinab. Dann stießen sie auf Pipi jenseits der Wasserstelle. Als sie ihm begegneten, sahen sie, was für ein schöner Mann er war mit seinem Kopfschmuck aus Federn, die hin und her schwankten, wenn er seinen Kopf bewegte. Dann schmückte er die Mädchen auf ähnliche Weise, zuerst die ältere, dann die jüngere. Dann sagte er zu ihnen: »Wo ich lebe, ist es gut. Eines Tages gehe ich an die Küste und lege diese Maske ab, denn sie ist zu klein. Dann baue ich eine andere, eine größere, und stecke euch beide zusammen in die Maske. Wenn ich euch so bei mir habe, gehen wir alle zusammen gleichzeitig zur Küste.«

»O je!« riefen sie aus, »wie willst du uns senden? Hierzulande reisen die Leute nicht über dem Boden. Nur Vögel und Schmetterlinge bewegen sich so.«

»Ihr zwei könnt jetzt sehen, wie ich in der Luft schwebe, wenn ich die Maske anziehe. Das hier ist meine Schmetterlingsmaske. Wenn ihr zwei darinnen seid, fliege ich gleichzeitig.«

Nun, als sie zur offenen Seite der Wasserstelle kamen, waren ihre Wünsche ganz auf Pipi gerichtet. Pipi aber stieg auf und ging in Richtung Küste nach Hause.

So benahm er sich bei dieser Gelegenheit, weil es das

erste Mal war. Später, als er weiter alleine westwärts zur Insel ging, nächtigte er mit ihnen, bis es bemerkbar war, daß sie schwanger waren. Als ihre Umstände sichtbar wurden, sprachen die Ältesten im geheimen mit dem Vater und sagten zu ihm: »Vater, schau dir mal eines Tages deine Töchter an.«

»Oh, diese Töchter!« rief er aus, »wer hat sich mit ihnen eingelassen? Das ist ein böser Geist. Das ist ein böser, böser Geist. Wenn ich den zu sehen kriege, bringe ich ihn um!«

Nun, so war es, und ihr Leib wurde stärker.

»Aro«, sagte ihr Vater, »mit wem habt ihr euch eingelassen, so daß ihr nun beide schwanger seid? Hier wohnt sonst niemand. Wir leben hier alleine.«

Aro antwortete nicht. Dann war Pora an der Reihe, aber auch sie hatte nichts zu sagen.

»Wenn ihr den richtigen Namen dieses Mannes verratet«, sagte er, »bringe ich ihn auf der Stelle um.«

Da sagte Aro: »Vater, ein Mann wird hier auftauchen. Bringe ihn ja nicht um, wenn er auftaucht.«

»Ganz im Gegenteil«, antwortete ihr Vater darauf, »ich bringe ihn um, ohne Rücksicht darauf, wer es ist, ich bringe ihn um. Durch ihn seid ihr jetzt beide schwanger.«

Darauf antwortete die ältere Schwester: »Nein, Vater, er ist so ein guter Mann, und er will uns heiraten. Er ist auch ein so schöner Mann. Es ist nicht gut, daß wir hier so alleine leben. Wir beide wollen heiraten und mit einem Mann zusammenleben. Außerdem, wenn wir beide einen Mann heiraten, wird dieser Ort bald bevölkert werden.«

So sprach sie, aber ihr Vater erwiderte: »Nein, das will ich gar nicht. Ich will nur euch beide. Ihr zwei seid meine Töchter, aber wenn dieser Mann auftaucht, bringe ich ihn um.«

Nun gut, sie stiegen ins Haus. Als die beiden sich schlafen legten, sprach Pipi wieder im Traum.

»Ich bin Pipi«, sagte er im Traum, »ich bin eben vom Osten gekommen. Ich gehe ins Inland, mache mich auf den Weg ins Hinterland, steige zum oberen Flußlauf und schneide Rotangrohr ab. Diese alte Maske lege ich ab, und ich winde eine große Maske zusammen.«

Nun, er ging ins Hinterland, wand eine neue Maske und flog mit dem Morgengrauen gen Westen. Ihr Vater täuschte sie beim Morgengrauen.

»Ihr beide bleibt hier«, sagte er, »ich gehe hinunter aufs Feld.«

Er tat so, als äße er sein Frühstück und ging dann ans Wasser. Aber statt aufs Feld zu gehen, ging er auf Beobachtungsposten in den Busch. In der Zwischenzeit nahmen die beiden Töchter das Wassergefäß und gingen an die Wasserstelle, um Wasser zu schöpfen. Nun, der Vater war aber auch da und sagte: »Aha, so also treibt ihr es.«

Er stand da und beobachtete alles aus der Ferne. Nun, er war da, um zu sehen, und rief aus: »Oh, da ist ja auch ein Mann. In der Tat, ein schöner Mann!«

Pipi Korovu kam genau vor seinen Augen an und ließ sich auf einem Ast nieder.

»Herrje!« rief er aus, »das ist wirklich ein richtig schöner Kerl. Soll ich den umbringen? Nein, ich bin ihm nicht gewachsen. Er ist eine Prachtausgabe von einem Mann. Wenn ich mich über ihn hermache, bin ich es nur, der umgebracht wird. Nein, muß es denn Tote geben? Er hat meine Töchter geschwängert, so werde ich mich aufraffen und ihn zermalmen. Mitleidslos werde ich ihn zermalmen. Genau jetzt schlage ich ihn in Stücke, mitleidslos.«

In der Zwischenzeit schmückten sich die beiden Mädchen, und Pipi war bei ihnen. Dann kehrte er nach Hause zur Küste zurück. Aro und Pora kehrten ebenfalls heim.

Nun gut, der Alte schlich aufs Feld. Der alte Kari tat so, als habe er auf dem Feld gearbeitet. Zuhause sagte er: »Oh, meine Töchter. Ich verhungere. Macht Essen und bringt es mir. Wenn ich gegessen habe, will ich mich hinlegen und schlafen. Ihr zwei könnt ja noch aufsitzen und schwätzen und schlafen gehen, wenn es Zeit ist.«

Als die Mädchen das hörten, sagten sie sich: »Aha, unser Vater weiß von nichts.«

Sie bedachten nicht, daß ihr Vater Pipi aus der Ferne beobachten könnte. Nun, mit diesen Worten legte er sich hin und schlief ein. Die beiden Mädchen gingen auf die andere Herdseite, setzten sich und redeten, und dann legten sie sich auch schlafen.

In den frühen Morgenstunden, während es noch dunkel war, und die Mädchen noch schliefen, stand der Vater auf. Er nahm Pfeil und Bogen, Speer und Keule und einen Stock und verließ bewaffnet das Haus. Diese Dinge versteckte er da, wo er sie belauscht hatte. Der Morgen graute, als er fertig mit dem Verstecken war. Dann ging er wieder und legte sich nieder und tat so, als ob er schliefe. Während er noch Schlaf vortäuschte, und es schon richtig hell war, standen seine beiden Töchter auf und bereiteten das Essen.

»Vater«, sagten sie, »dürfen wir fragen, ob du heute aufs Feld gehst?«

Darauf antwortete ihr Vater: »Ja, so ist es. Ich gehe aufs Feld!«

Er aß und ging fort. Er ging mit seinem Grabstock, aber er ging nicht aufs Feld. Er ging an die Stelle, wo er die Waffen versteckt hatte. Dann blieb er stehen. Er stand in einiger Entfernung und wartete. Während er wartete, nahmen seine Töchter das Wassergefäß gerade wie an den anderen Tagen, an denen Pipi gekommen war und schöpften Wasser. Während sie taten, als schöpften sie Wasser, kam Pipi, ließ sich nieder und nahm seine Maske ab.

»Oh, da ist er ja!« rief der Vater aus. Als Pipi seine Maske abgenommen hatte, hängte er sie in den Baumwipfel und kletterte herab. Da stand er und sprach mit den Mädchen und schmückte sich, als der Vater erschien und mit Pipi zu kämpfen anfing.

Pipi war ein Meister. Er fing die Pfeile des Vaters im Fluge auf und zerbrach sie. Der Vater schleuderte einen Speer, Pipi fing den Speer auf und zerbrach ihn. Der Vater schlug mit der Keule auf Pipi ein, Pipi brach unter den Schlägen zusammen, und der Vater wollte ihm gerade den Schädel spalten, als Aro und Pora hervorstürzten, um seinen Kopf zu schützen. Sie kauerten sich hin und bedeckten seinen Kopf.

»Vater!« schrien sie, »unser Mann. Bring ihn nicht um.«

Daraufhin ließ der Vater ab und stand auf, und die Mädchen standen auch auf.

»Oh«, sagte er, »ihr zwei habt euch mit diesem Mann eingelassen, ohne es mir zu sagen. Erst jetzt kann ich mir euren Mann einmal ansehen.«

Dann wich der Zorn ihres Vaters. Als Vater nicht mehr böse war, standen sie auf und widmeten sich Pipi. Die beiden Mädchen trugen Pipi in ihr Haus. Sie trugen ihn hinauf und badeten ihn so lange mit heißem Wasser, bis Pipi sein Bewußtsein wiedererlangte.

Und so lebten sie alle auf dieser Meeresinsel, auf Karis Meeresinsel. So lebten sie, bis die Schwangerschaft der Töchter ein fortgeschrittenes Stadium erreicht hatte.

Dann sagte Pipi: »Vater, du und die Mädchen bleiben hier. Ich gehe nach Hause zur Küste, um ein paar Dinge zu holen, etwas zu essen, und ich bringe sie her.«

Nun gut, Pipi stieg auf und ab ging's in Richtung Küste, und er flog weiter und weiter bis an den Ort, wo er seine Maske herbekommen hatte. Er nähte eine neue Maske, eine große, und reiste zurück, um die beiden Mädchen zu holen. So holte er seine beiden Frauen und ging dann zur Küste, bis Auma. Als sie in Auma landeten, sagten sie: »Oh, was für ein schönes Land! Bisher haben wir an diesem Inselstrand gelebt. Diese Insel gehört den Fischen und Vögeln. Es ist keine Insel für Menschen, aber wir haben an diesem Strand da gelebt.«

Dann verließ er die beiden Frauen und ging nach Westen, um den Vater zu holen. So kamen sie an die Küste, und dann lebten sie in Auma, an der Innenseite des Aumafelsens. Bisher war das Pipi Korovus Wohnort, aber dann zog Kari in diese Richtung und siedelte sich an.

[Märchen aus Papua-Neuguinea]

Der fliegende Kaftan

In einem Zarenreich lebte einmal ein Förster in einem Walde. Er hatte jeden Tag seinen Rundgang zu machen. Einmal sagte er zu seiner Frau: »Frau, gib mir etwas zu essen, ich muß meinen Rundgang machen!«

Seine Frau gab ihm ein paar Plinsen, er aß sie und ging in den Wald. Plötzlich erhob sich ein Sturm, der Wind begann zu wehen, und es fiel ihm schwer weiterzugehen. So ging er nach Hause zurück, sattelte das Pferd und ritt mit dem Pferd in den Wald. Als er ein Stück geritten war, sah er, daß jemand ein paar Äste von den Bäumen abgehackt hatte. Er ritt aber weiter. Da traf er auf dem Wege eine alte Frau. Sie verneigte sich vor ihm und sagte: »Herr, könntet Ihr mir vielleicht etwas schenken?«

»Ich habe nichts mitgenommen«, antwortete der Förster.

»Vielleicht habt Ihr einen Rubel Geld?«

»Ich habe nur einen Rubel bei mir.«

»Ich weiß, daß Ihr nur einen Rubel habt, aber schenkt mir den letzten!«

Er griff in die Tasche und gab ihr den letzten Rubel.

Sie nahm ihn und sagte: »Ich danke Euch, daß Ihr mich nicht im Stich gelassen habt! Obwohl Ihr bloß einen Rubel hattet, habt Ihr ihn mir doch geschenkt. Wenn Ihr jetzt nach Hause kommt, dann legt einen Rubel unter Euer Kopfkissen, und Ihr werdet immer Geld haben. Jeden Morgen werdet Ihr unter dem Kissen zwei oder drei Rubel finden. Und wenn Ihr weiterreitet, werdet Ihr eine hohe Fichte sehen, auf der viele Enten sind. Sie werden sehr viel schreien und sich beißen. Um einen Kaftan beißen sie sich. Jede wird bemüht sein, in ihn hineinzuschlüpfen. Erschreckt sie, damit der Kaftan auf die Erde fällt. Sowie er heruntergefallen ist, nehmt ihn an Euch und zieht ihn an, dann könnt Ihr herumreisen, nicht nur durch Euer Zarenreich, sondern überallhin.«

Er dankte ihr und ritt weiter durch den Wald. Er sagte sich: Das war eine Alte! Wahrscheinlich hat sie mich betrogen. Den letzten Rubel hat sie mir aus der Tasche gezogen.

Als er so dahinritt, hörte er einen mächtigen Lärm. Da erblickte er auch schon einen großen Schwarm Vögel auf einer hohen Fichte. Sie bissen sich, daß die Federn flogen. Der Förster stieg vom Pferd, band das Pferd fest und dachte: Wie soll ich sie denn erschrecken? Ich werde mit der Flinte schießen.

Die Vögel erhoben sich in die Luft und rissen den Kaftan mit sich, ließen ihn aber nicht los. Er schoß noch einmal, da fiel der Kaftan herunter. Da dachte er bei sich: Die Alte hat doch die Wahrheit gesprochen!

Er nahm den Kaftan, sah ihn an und stellte fest, daß er außen noch gut war, das Futter aber schon von den Vögeln zerrissen worden war.

Was soll ich schon mit einem solchen zerrissenen Kaftan anfangen? dachte der Förster bei sich.

Er nahm ihn, band das Pferd los und ließ es laufen.

»Geh nach Hause!«

Das Pferd lief durch den Wald und fraß Gras. Er aber zog den Kaftan an und sagte: »Wollen wir einmal sehen, ob es so ist, wie die Alte gesagt hat. Wo fliege ich jetzt hin? Natürlich nach Hause.«

Kaum hatte er es gesagt, da erhob er sich schon in die Luft. Er flog in nur zwei Minuten nach Hause, obwohl es ein Weg von acht Kilometern war, und er kam gerade auf seinem Hof herunter. Die Frau erblickte ihn durch das Fenster und kam zu ihm herausgelaufen.

»Was ist denn das? Wo kommst du hergeflogen? Du bist doch in den Wald geritten? Wo warst du?«

»Ruhig, ruhig«, sagte der Förster, »jetzt wird es uns beiden gut gehen!« Und er erzählte ihr alles.

Er konnte es kaum erwarten, daß es Abend wurde und die Sonne unterging. Nun war die Sonne untergegangen. Da ging er schlafen und legte einen Rubel unter das Kissen.

Ich werde mal sehen, dachte er bei sich, ob Geld kommt. Der Kaftan hat sich bewährt, aber wie es mit dem Geld wird, weiß ich nicht.

In der Nacht wachte er auf und sah sofort unter das Kissen, aber dort lag noch immer der gleiche Rubel. Dann schlief er fest ein. Am Morgen stellte ihm die Frau das Frühstück hin und weckte ihn.

»Michas, steh auf!«

Er sprang auf und zog sich schnell an. Beim Anziehen schaute er unter das Kissen. Als er das Kissen fortgenommen hatte, sah er dort drei Rubel liegen. Da freute er sich sehr.

»Siehst du, Frau, heute habe ich zwei Rubel verdient, und in der nächsten Nacht werde ich alle drei Rubel hinlegen.«

Dann sagte er: »Ich möchte mir ein anderes Zarenreich ansehen.«

Seine Frau war einverstanden. Am Morgen verabschiedete er sich von ihr und sagte: »Ich weiß nicht, wie lange ich fort sein werde. Ich weiß selbst noch nicht, wie lange ich dort bleibe.«

Er zog den Kaftan an und flog davon. Zwei Tage und zwei Nächte flog er. Dann kam er auf irgendeinem Berg herunter. Der Berg war sehr, sehr hoch. Da saß er nun auf dem Berg und schaute auf die Erde. Aber die Erde war kaum zu sehen, so weit war sie entfernt, und nichts war zu erkennen. Er bekam Hunger. Es war heiß, und die Sonne brannte. Es war sehr, sehr heiß. Da wollte er gerne schlafen. Er schlief fest ein. Wie er so schlief, hörte er Schritte. Es kam jemand. Er glaubte es selbst nicht, wer konnte auf einem solchen Berg herumgehen? Da öffnete er die Augen, erblickte riesige Menschen und dachte bei sich: Was sind das für Leute? Ich habe noch nie so große Menschen gesehen.

Sie kamen nahe an ihn heran, und er schaute sie an. Es waren ihrer sechs. Sie umringten ihn und sprachen zueinander: »Was ist das für ein Tier?«

»Er ist einem Menschen ähnlich, aber aus irgendeinem Grunde so klein.«

Der eine stieß ihn mit dem Fuß in die Seite. Der Förster schrie.

»Siehst du, es tut ihm weh«, sagte einer von ihnen. Da sagte der dritte: »Was soll man mit ihm machen? Man sollte mit dem Fuß auf ihn treten und ihn wie einen Wurm zertreten.«

Da sagte der vierte: »Warum wollen wir ihn zertreten? Kleine und Große, alle wollen leben.«

Da sagte der fünfte: »Gehen wir fort von ihm. Warum sollen wir ihn uns ansehen?«

Und da gingen sie wieder fort. Als sie fort waren, stand er auf und dachte: Solange ich auf der Welt bin, das habe ich noch nie gesehen. Sie waren menschenähnlich, aber wie groß sie waren!

Ich fliege woanders hin, dachte er, nahm den Kaftan, zog ihn an, erhob sich und flog fort. Er ließ sich an einem großen, schönen Fluß nieder, der breit dahinfloß, und wollte gern etwas trinken. Er ging am Fluß entlang mit dem Kaftan in der Hand. Da hörte er Lieder, die schön gesungen wurden, aber niemand war zu sehen. Rechts vom Fluß erblickte er ein Häuschen, ein hübsches Häuschen. In diesem Häuschen saß ein Mädchen am Fenster und sang die Lieder. Ihre Haare waren rot, und der Wind spielte in ihnen, so daß sie auseinanderflatterten. Das Mädchen gefiel ihm. Er dachte bei sich: Meine Frau ist schon hübsch, aber diese erst! Was ist meine Frau gegen diese dort! Wie komme ich zu ihr hin, um mit ihr zu sprechen? Ich werde erst mal zuhören, beschloß er, und dann gehe ich hin.

So setzte er sich nieder. Er hatte noch nie solche Lieder gehört. Dann beschloß er, zu dem Haus zu gehen. Er stand auf und ging darauf zu. Als er hineintrat, stürzten sich die Hunde auf ihn. Das Mädchen erblickte ihn und rief: »Mama, Mama, schau, da kommt ein fremder Bursche!«

Die Mutter kam heraus, rief die Hunde heran und sperrte sie in die Hütte.

Er aber fragte: »Kann man bei Euch eintreten?«

»Was wünscht Ihr?«

»Ich möchte etwas Wasser trinken, vielleicht gebt Ihr mir auch etwas zu essen?«

»Wenn Ihr wollt, tretet ein!«

Er trat in das Haus, das Mädchen kam herbeigelaufen und sagte: »Setzt Euch bei uns hin!«

Er setzte sich hin und sagte: »Ich möchte etwas Wasser trinken, liebes Mädchen!«

Sie nahm ein Glas und goß sauersüßen kalten Kwaß ein. Er trank davon und dachte: Wie hübsch sie ist! Am Fenster war sie schon hübsch, aber im Hause ist sie noch dreimal hübscher.

Die Mutter gab ihm etwas zu essen. Sie stellte ihm eine unbekannte Speise hin, die aber sehr gut schmeckte. Er aß sich satt und wollte vom Tisch aufstehen, da sagte die Alte:

»Wartet nur, ich gebe Euch noch etwas!«

Sie reichte ihm Milch, sehr dicke Milch, und ein paar nicht sehr große Brötchen. Dann ging sie zu dem Mädchen und sagte:

»Sosja, er ist so angezogen, daß man gleich sieht, daß er keiner von uns ist. Er hat einen Mantel, mit dem kann er reisen, wohin er will. So ist er auch zu uns gekommen, und dich hat er liebgewonnen, mein Töchterchen. Wenn er mit dir sprechen will, dann sprich auch du mit ihm und hab ihn lieb. Und dann werden wir ihm den Mantel fortnehmen. Wir können ihn geradesogut gebrauchen. Wir haben kein Pferd und haben nichts, aber der Mantel bringt uns, wohin wir wollen.«

Die Mutter ging hinaus. Er stand vom Tisch auf, bedankte sich und bat um ein Nachtlager.

Da sagten sie zu ihm: »Aber natürlich, es ist schon spät, legt Euch schlafen!«

Er zog sich aus, und die Mutter bat ihn, die Kleidung aufzuhängen. Er war einverstanden. Sie hängte sie in einen Schrank. Den Kaftan ließ er an.

»Geht in das Zimmer«, sagte die Mutter, »und schlaft!«

Das Mädchen lud ihn ein, noch etwas bei ihr zu sitzen. Er setzte sich zu ihr. Sie fragte ihn, woher er käme.

»Aus Asien«, sagte er, »und was für ein Ort ist das hier?«

»Ich weiß selbst nicht, wie er heißt. Wie seid Ihr denn aus Asien hierhergekommen?«

Da sagte er: »Ich reise durch die ganze Welt.«

»Wie reist Ihr denn?«

»Ja, weißt du, Mädchen, du hast mir gefallen. Wenn du bereit bist, zusammen mit mir zu leben, dann kannst du auch mit mir fahren, wohin du willst.«

Da sagte sie: »Es wäre schön, von hier fortzufahren!«

Da sagte er zu ihr: »Wir können reisen, wohin du willst.«

Sie unterhielten sich und unterhielten sich; es war schon Nacht geworden, da sagte die Mutter:

»Sosja, es ist Zeit zum Schlafen, und ihr unterhaltet euch immer noch.«

»Schlaf, Mütterchen, ich unterhalte mich gern und erfahre gern etwas Neues von einem Menschen.«

Sie versprach, wenn er sie liebte, dann wollte sie ihn auch lieben.

»Wie alt bist du?«

»Ich bin achtundzwanzig.«

»Und du?«

»Ich bin erst siebzehn.«

»Je jünger, desto besser.«

»Ich glaube dir nicht, daß du achtundzwanzig bist. Du wirst wohl erst zwanzig sein.«

Da kam ein großer Regen, und es begann zu donnern, daß es ringsherum bebte. Sie konnten gar nicht mehr reden, da sie Angst vor dem Donner hatten. Da sagte sie: »Gehen wir jetzt schlafen!«

Sie breitete die Betten aus. Er zog sich aus und legte sich hin.

Sie ging nachschauen, ob die Mutter schläft, trat in das andere Zimmer und fragte: »Mutter, schläfst du?«

Da antwortete die Mutter: »Warum legst du dich nicht mit ihm schlafen?«

»Warum denn? Er ist doch gar nicht hübsch.«

Sie ging in das Zimmer, löschte das Licht und legte sich bei ihm schlafen. Als sie sich bei ihm niederlegte, sah sie, daß er schon schlief. Sie schlief ein wenig bei ihm, doch als sie sah, daß er aufwachte, stand sie auf und ging zu ihrer Mutter.

Da fragte er sie: »Warum legt Ihr Euch nicht hin?«

»Ich habe schon geschlafen. Es wird bald Tag, Ihr habt so fest geschlafen, daß Ihr gar nicht gemerkt habt, daß ich bei Euch geschlafen habe.«

Die Mutter stand auf und begann das Frühstück zurechtzumachen. Das Mädchen zog sich ein schönes Kleid an. Er fragte:

»Ist es denn schon Tag?«

»Natürlich!«

Er stand auf, zog sich an und machte alles zurecht. »Nun, wie ist es, seid Ihr bereit, mit mir zu leben?«

»Natürlich. Nur möchte ich heute mit Euch fortfahren, wie Ihr es gesagt habt.«

»Um so besser. Ich bin bereit, fahren wir!«

Da sagte die Mutter: »Wollt ihr frühstücken?«

»Nein, Mutter, wir reisen fort.«

»Frühstückt und fahrt dann!«

Sie brachte alles auf den Tisch, Milch, Gurken und Zwiebeln, alles, was sie wollten.

Als sie vom Tisch aufstanden, da sagte die Mutter: »Aber daß ihr nicht zu lange bleibt, Sosja!«

»Wir bleiben so lange, wie es dauert.«

Sie nahmen eine Tasche mit Brot und Wasser mit. Sie verabschiedeten sich und zogen beide den Kaftan an, da fragte er: »Wohin willst du?«

»Ich will auf den Berg Seron!«

Sie erhoben sich und flogen davon. Die Mutter hatte ihnen gesagt, daß sie nur drei Tage bleiben sollten, sie kamen aber erst nach drei Tagen auf dem Berg an. Sie ließen sich hinab. Auf dem Berg gab es Edelsteine und lauter Gold. Die Sonne brannte, aber die Luft war schön, ein Wind wehte, nur sehr heiß war es.

Da sagte sie zu ihm: »Hier wollte ich gerade hin!«

»Und was willst du tun?«

»Wir werden Gold und Edelsteine mitnehmen.«

Natürlich faßten sie sich bei den Händen, wie Mann und Frau, und gingen Gold suchen. Sie sammelten ein Säckchen von ungefähr acht Kilogramm voll Gold und Edelsteine. »Das reicht für das ganze Leben. Laß uns nun ausruhen und dann in unser Land zurückfahren!«

Sie setzten sich auf einen großen Stein, der mit Moos bewachsen war. Doch oben war er so klar, daß sie sich darin erblickten.

Da sprach er: »Laß uns Mittag essen und dann losfliegen!«

Als sie gegessen hatten, sagte er: »Weißt du, Sosja, ich möchte gern schlafen.«

»Schlaf ein wenig!«

Er legte seinen Kopf auf ihren Schoß. Das Wetter war schön. Es wehte ein warmer Wind, und die Sonne erwärmte den Berg so, daß schon Funken sprühten. Sie zog einen Kamm aus den Haaren und begann ihm die Haare zu kämmen. Er spürte es, spürte es und schlief auf ihrem Schoße ein.

Als sie sah, daß er schlief, sagte sie: »Ein bißchen tust du mir ja leid, aber ich werde auf die Mutter hören.«

Sie stand auf – er schlief noch immer –, nahm das Säckchen, hing es sich um, verpackte alles, zog den Kaftan an und flog nach Hause. Bald war sie wieder zu Hause.

Die Mutter kam ihr entgegen.

»Nun, hast du ihn dort gelassen?«

»Natürlich habe ich ihn dortgelassen. Aber viel Gold habe ich mitgebracht, Mutter!«

»Was sollen wir denn damit machen?«

»Wir können nun alles kaufen, was wir wollen.«

Als der Förster auf dem Berge aufwachte, sah er, daß Sosja nicht mehr da war, daß sie weggeflogen war.

»Ach mein Gott, mein Gott, wie bin ich unglücklich! Was soll ich tun? Ich komme doch hier um!«

Er fing an zu weinen. Da erhob sich ein Wind und wurde zum Sturm. Er sprach: »Das ist ein Wind! Solch einen habe ich noch nie erlebt.«

Es hob ihn und ließ ihn wieder hinunter, hob ihn und ließ ihn wieder hinunter. Er hielt sich und hielt sich fest, aber als dann der Wind noch stärker blies, wurde er vom Berg hinuntergetragen. Er flog und flog und konnte kaum atmen. Schließlich fiel er in einem Gemüsegarten nieder. Beim Hinunterfallen sah er, daß dort rote Bete und Kohl wuchsen. Nur, solchen Kohl hatte er noch nie gesehen. Er war weiß und rot.

Er versuchte, den Weißkohl zu essen und dann den Rotkohl. Als er den Rotkohl gegessen hatte, wurde er zu einem Pferd. Ihm wurde klar, warum er zu einem Pferd geworden war, und da begann er schnell Weißkohl zu essen. Nachdem er davon gegessen hatte, wurde er wieder so, wie er gewesen war. Da sagte er zu sich selbst: Na, jetzt werde ich gleich jemanden überlisten!

So ging er fort, ging seines Weges. Der Weg führte in einen dichten, dunklen Wald.

Man soll doch niemals lieben! Hätte ich mich nicht verliebt, hätte ich mein ganzes Leben lang gut leben können und wäre durch die ganze Welt gereist. Jetzt aber kann ich hier umkommen, dachte er.

Jener Wald ging zu Ende, und ein Flüßchen war zu sehen. Ihm schien es, als hätte er dieses Flüßchen schon irgendwo gesehen. Da erinnerte er sich, daß es gerade der Fluß war, wo er beim ersten Flug heruntergekommen war. Er ging noch einen halben Kilometer und sah ein Haus stehen. Es war gerade das Häuschen, wo Sosja wohnte. Er hörte auch die gleichen schönen Lieder. Sie saß am Fenster und sang Lieder. Da sagte er sich: »Na, dir werde ich es zeigen!«

Äußerlich hatte er sich ganz verändert. Sechs Monate war er unterwegs gewesen. Sein Bart war ganz dicht und lang. So ging er zu dem Hause und klopfte. Da fragte Sosja: »Wer ist dort?«

»Darf man bei Euch eintreten?«

»Tritt ein!«

»Gebt Ihr mir etwas zu essen?«

»Mutter ist nicht im Hause.«

Sie rief ihre Mutter: »Da will jemand etwas zu essen haben!«

»Dann geben wir ihm etwas, wenn er darum bittet.«

Als er in das Haus eintrat, ließ er den Rotkohl im Flur liegen. Die Mutter brachte ihm das Essen, goß ihm noch Milch ein und ging in den Flur. Da sah sie den Kohl liegen. Sie nahm ihn, kostete ihn und wurde zu einem Pferd. Sie lief hinaus auf die Straße und um das Haus herum. Das sah die Tochter und sagte: »Wartet, da ist ein Pferd, da muß jemand gekommen sein!«

Sie lief auf die Straße und sah den Kohl liegen. Sie kostete auch und wurde sogleich zu einem Pferd. Als der Förster sah, daß nun zwei Pferde da waren, ging er hinaus und schirrte beide an.

Er schirrte sie an, band sie an einen Pfahl und dachte: Jetzt will ich gleich den Kaftan suchen.

Er sah den Schrank, öffnete ihn und fand seinen Kaftan. Dann zog er ihn an, trat hinaus, setzte sich auf das ältere Pferd und band das jüngere fest. Er ritt den Weg entlang, bis er zu einem Haus kam. Da trat er in die Wohnung ein und fragte den Hausherrn: »Willst du vielleicht ein Pferd kaufen?«

»Ja, ein Pferd möchte ich kaufen.«

Der Hausherr kam heraus, schaute sich das Pferd an und fragte: »Wie alt ist das große?«

»Acht Jahre!«

»Und das kleine?«

»Drei Jahre.«

Sie einigten sich auf zweihundert Rubel für das ältere.

»Liebt es die Peitsche?«

»Ja, natürlich, wo du auch reitest, schlag es nur kräftig!«

»So eines kann ich gebrauchen, denn die Erde ist bei uns steinig.«

Der Förster verkaufte das Pferd, dem jungen aber gab er Weißkohl zu essen, und da wurde es wieder das, was es gewesen war. Er sagte zu dem Mädchen: »Was hast du angerichtet?«

Da antwortete sie: »Ich kenne Euch nicht.«

»Wieso kennt Ihr mich nicht? Erinnert Ihr Euch nicht, wie Ihr mich auf dem Berge verlassen habt und mit dem Gold davongeflogen seid?«

»Ich habe jemanden auf dem Berg verlassen, nur nicht Euch.«

»Erkennt Ihr mich nicht?«

»Das war ein junger Bursche. Ihr aber seid alt.«

»Es tut mir leid, daß ich jung bin und Ihr jung seid und am Leben bleibt, während Eure Mutter nicht mehr da ist. Ich fahre jetzt gleich nach Hause in mein Zarenreich. Wenn zu Hause alle am Leben sind, dann komme ich in kurzer Zeit zu Euch zurück.« Er verabschiedete sich von ihr und gab ihr die Hand.

»Aber wenn meine Angehörigen nicht mehr da sind, komme ich nicht zu Euch zurück. Wartet nicht! Wenn Ihr mit mir leben wollt, werde ich zurückkommen.«

»Wenn Ihr der seid, den ich auf dem Berge verlassen habe, dann bin ich einverstanden.«

Er rasierte sich, wusch sich und wurde wieder jung. Da erkannte sie ihn. Als er nach Hause kam, war seine Frau schon gestorben. Viele Menschen versammelten sich und kamen ihm entgegen, junge und alte. Er erzählte ihnen alles und sagte auch, daß er von ihnen fortfahren wolle. Dann flog er wieder zu dieser Sosja. Sie lebten nun zusammen und reisten durch die Welt.

[Russisches Märchen]

Die Geschichte vom Zauberpferd

Herr, man erzählt! Es herrschte einmal vor undenklichen Zeiten ein König in Persien, namens Sabur, der war der größte und mächtigste unter allen Herrschern seiner Zeit und besaß unermeßliche Länder und Reichtümer, die von einer zahllosen Armee verteidigt wurden. Er war aber ebenso berühmt wegen seiner schönen Tugenden, als wegen seiner furchtbaren Macht und Größe, denn er war nicht allein ein Mann von ausgebreiteten Kenntnissen, gewandt und voll Unternehmungsgeist, sondern sein Herz war auch ebenso weich und teilnahmsvoll, als sein Verstand scharf und durchdringend; seine Hand war ebenso mildtätig und freigebig gegen die Armen, als für den Bösen furchtbar und strafend. Er war ein Trost für den Unglücklichen und Beladenen, und der Verstoßene und Verfolgte fand stets eine Freistätte bei ihm. Seine Verwandten liebte er zärtlich, gegen die Fremden war er milde, und nie wurde ein Fall bekannt, daß ein Unterdrückter ihn vergebens um Recht gegen die Gewalt angefleht hätte. Er war Vater von drei Mädchen und einem Sohne. Dieser König feierte jährlich zwei Feste, Niradj und Mihrdjan. An diesem Festtage pflegte er alle seine Paläste zu öffnen, Geschenke zu machen, Amnestien zu veröffentlichen, Pförtner und andre Aufseher zu entfernen, so daß alle seine Untertanen freien Zutritt zu ihm hatten, um ihn zu begrüßen, zu beglückwünschen und Geschenke darzubringen. Dieser König war ein großer Liebhaber von Philosophie und Geometrie. Nun traf es sich an einem dieser Festtage, daß drei äußerst gelehrte und erstaunlich weise Manner mit kostbaren bewunderungswerten Geschenken in seine Stadt kamen. Sie waren alle drei aus verschiedenen Ländern und sprachen auch verschiedene Sprachen. Der eine war ein Inder, der andere ein Grieche und der dritte ein Perser. Der Inder ging zuerst zum König, warf sich vor ihm nieder und übergab ihm, indem er zum Feste Glück wünschte, ein höchst bewunderungswürdiges Geschenk. Es war eine mit kostbaren Edelsteinen verzierte goldene Bildsäule, die ein goldenes Horn in der Hand hielt. Nachdem der König dasselbe von allen Seiten genau betrachtet hatte, sagte er zu dem Inder: »Weiser Mann, zu welchem Zweck soll dies dienen?«

»Herr«, erwiderte der Inder, »dies Bildnis hat die Eigenschaft, daß, wenn ein Spion in die Stadt kommt, es sogleich in das goldene Horn stößt. Der Spion wird sogleich zu zittern anfangen und tot niederfallen.«

Der König, im höchsten Grade überrascht von den Worten des Inders, sagte zu ihm: »O Weiser! Bei Gott, wenn du wahr sprichst, so werde ich all deine Wünsche erfüllen.«

Hierauf trat der griechische Weise vor, warf sich dem König zu Füßen und überreichte ihm ein silbernes Bekken, in dessen Mitte ein goldener Pfau saß, rund herum umgeben von 24 Jungen. Nachdem der König es betrachtet hatte, fragte er den Weisen, was der Zweck dieses Werkes sei.

»Herr!« erwiderte der Grieche, »dieser Pfau hier wird nach Verfluß jeder Stunde eines seiner Jungen picken und so die Tageszeit anzeigen. Nach einem Monat aber wird er jedesmal den Schnabel öffnen, und darinnen wird der Mond erscheinen.«

Als der König das hörte, sagte er: »O Weiser! Sprichst du wahr, so soll jeder deiner Wünsche erfüllt werden.«

Sodann trat der persische Weise hervor, beugte sich zur Erde und überreichte dem König ein Pferd aus Ebenholz, mit Gold und Edelsteinen beschlagen, vollkommen ausgerüstet, mit prächtigem königlichem Sattel, Zaum und Steigbügeln, und dem nur die Sprache fehlte. Der König war sehr erstaunt beim Anblick dieses kunstreich gebildeten Pferdes und fragte, wozu dieses leblose Pferd diene.

»Mein Gebieter!« antwortete der Weise, »dieses Pferd legt mit seinem Reiter in einem Tag eine Strecke von einem Jahre zurück, denn es fliegt durch die Luft.«

Der König war im höchsten Grade erstaunt über das Zusammentreffen dieser drei Wunder an einem Tage und sagte zu dem Perser: »Bei dem erhabenen Gott, dem Schöpfer und Erhalter der Menschen durch Getränke und Nahrung, wenn du die Wahrheit gesprochen hast und deine Rede sich bewährt, so gewähre ich dir im voraus jede Bitte, die du an mich stellen magst.«

Er bewirtete dann die Weisen drei Tage lang, um ihre Gaben zu prüfen. Jeder brachte sein Werk mit und machte den König mit dessen Bewegungen bekannt. Das Bildnis stieß alsbald ins Horn, der Pfau pickte die Jungen und der Weise schwang sich aufs Pferd, stieg in die Höhe und ließ sich wieder herunter. Der König geriet beinahe außer sich vor Freude und sagte zu den Weisen: »Ihr habt eure Versprechen erfüllt und die Wahrheit eurer Worte durch die Tat bewiesen; nun ist es an mir, auch mein Versprechen in Erfüllung gehen zu lassen. Fordere jeder von mir, was er will, er soll es auf der Stelle haben.«

Die Weisen hatten aber schon von den drei Prinzessinnen gehört, sie sagten daher: »Wenn der König unser Herr, mit uns zufrieden ist, unsere Geschenke annimmt und uns erlaubt, etwas zu erbitten, so möchten wir, daß der König, der doch gewiß sein Wort nicht brechen wird, uns seine drei Töchter gebe und uns zu seinen Schwiegersöhnen annehme.«

Der König sagte: »Ich werde eurer Bitte willfahren« und ließ sogleich beim Kadi die Ehe-Kontrakte abfassen.

Die Prinzessinnen hatten aber hinter einem Vorhang dem Schauspiel zugesehen, und als die jüngste ihren künftigen Gemahl, den Perser, betrachtete, entdeckte sie, daß er ein hundertjähriger Greis war, mit einer Stirne voll Runzeln und Falten, mit borstigem Haupthaare, während die Haare der Augenbrauen und des Bartes ausgefallen waren. Seine Augen waren rot und triefend, und seine Wangen so abscheulich gelb und eingefallen, daß man jeden Knochen seines Gesichts sehen konnte. Er hatte eine Nase wie eine Gurke, seine paar Zähne waren teils ausgefallen, teils locker; seine Lippen blau und lappig, wie Kamelnieren, und seine ganze Haut eingeschrumpft und lederfarben. In der Tat, er war ein Wunder von Häßlichkeit und von einer ganz unbekannten Rasse; der abscheulichste unter allen Menschen, glich er ganz und gar einem Teufel, so daß selbst die Vögel vor ihm in ihr Nest flohen. Das Mädchen aber war das schönste und liebenswürdigste ihrer Zeit; niedlicher als eine Gazelle, zarter als ein Zephyr, übertraf sie den Mond an Glanz und milder Schönheit; sie beschämte alle Baumzweige, wenn sie sich sanft wiegte, und keine Gazelle kam ihr gleich in der Geschwindigkeit und Kühnheit der Wendungen. Sie war schöner und anmutiger als ihre Schwestern.

Als diese Prinzessin nun ihren Bräutigam sah, eilte sie in ihr Gemach, streute Erde auf ihr Haupt, zerriß ihre Kleider und fing an unter lautem Weinen und Wehklagen sich Gesicht und Brust zu zerschlagen. Ihr Bruder, der sie weit mehr als seine anderen Schwestern liebte, kam eben von der Reise zurück. Wie er nun ihr Geschrei und Weinen hörte, eilte er zu ihr hinein, schlug sich an die Brust und fragte sie, was ihr denn zugestoßen sei, sie solle ihm die Wahrheit sagen und nichts verhehlen. Sie brach in die Worte aus: »Mein teurer Bruder! Gewiß, wenn deinem Vater durch mich das Schloß zu eng geworden, will ich es gerne verlassen. Hat er an mir etwas seiner Tochter Unwürdiges gesehen, will ich mich von ihm entfernen oder will er nicht länger mehr für mich sorgen, so gibt es für mich ja einen Gott, der mich führen und nicht verlassen wird.«

Ihr Bruder, der den Sinn dieser Reden nicht recht begreifen konnte, bat sie, ihm das alles deutlicher zu sagen, denn noch wisse er den Grund nicht, warum sie so bewegt und betrübt sei. Sie antwortete: »Wisse, teurer Bruder! Mein Vater hat mich mit einem Zauberer verlobt, der ihm ein schwarzes hölzernes Pferd geschenkt und ihn mit seiner Zauberkunst überlistet hat. Ich aber mag diesen Alten nicht, ich will nicht seinetwillen auf die Welt gekommen sein.«

Ihr Bruder sprach ihr Trost und Mut zu, verließ sie dann und eilte zu seinem Vater, den er fragte: »Wer ist der Zauberer, mit welchem du meine jüngste Schwester verlobt hast, und was hat er dir für ein Geschenk gemacht, daß du seinetwillen deine Tochter vor Gram sterben lassen willst? Das soll nicht sein!«

Der Weise, der diese Rede mit anhörte, ergrimmte in seinem Herzen über den Prinzen.

Der König aber sprach zu seinem Sohne: »Wenn du das Pferd und seine Kunst gesehen haben wirst, so wirst du vor Erstaunen fast den Verstand verlieren.« Er befahl dann den Dienern, es herbeizuführen, und als der Prinz es sah, gefiel es ihm, und da er ein guter Reiter war, schwang er sich sogleich in den Sattel und stieß ihm die Steigbügel in den Leib. Als sich aber das Pferd nicht von der Stelle bewegte, sprach der König zu dem Weisen: »Geh und zeige ihm, wie man es in Bewegung setzt, dann wird er sich wohl deinem Wunsche nicht mehr widersetzen.«

Der Weise, der schon einen tödlichen Haß auf den Prinzen geworfen hatte, ging zu ihm hin, und zeigte ihm einen Wirbel an der rechten Seite des Pferdes, welcher dazu diente, das Pferd steigen zu machen, und verließ ihn. Der

Prinz rieb den Wirbel und nun stieg das Pferd mit ihm in die Höhe und flog mit so reißender Schnelligkeit dahin, daß er bald gar nicht mehr gesehen wurde.

Der König ward besorgt um seinen Sohn und fragte den Weisen: »Wie kann er nun aber das Pferd wieder zur Erde lenken?«

»Herr«, versetzte der Weise, »diese Kunst besitze ich nicht, auch ist's seine und nicht meine Schuld, wenn du ihn bis zum Auferstehungstag nicht mehr wieder siehst. Aus Dünkel und Hochmut verschmähte er, mich zu fragen, auf welche Weise das Pferd dahin gebracht wird, wieder niederwärts zu fliegen, und ich selbst dachte im Augenblick nicht daran, es ihm zu sagen.«

Der König geriet über diese Worte in so heftigen Zorn, daß er den Weisen schlagen und einsperren ließ. Er selbst riß die Krone von seinem Haupte, schlug sich ins Gesicht und auf die Brust, jammerte und weinte. Die Tore des Palastes wurden geschlossen und alle Festlichkeiten eingestellt; nicht allein der König, seine Gemahlin und Töchter waren von diesem großen Unglück so schmerzlich berührt, sondern auch alle Stadtbewohner teilten ihren Kummer über den Verlust des Prinzen. So war auf einmal Lust in Trauer und Glück in Unglück verwandelt und aus einem Freudentage ein Trauertag geworden.

Der Prinz ward indessen von dem Pferde bis in die Nähe der Sonne emporgetragen, er war dem Tode nahe und war darauf gefaßt, zwischen den Himmelskörpern umzukommen. Da dachte er: wenn ich doch sterben muß, so will ich wenigstens sehen, ob der, welcher den Wirbel zum Aufsteigen gemacht, nicht auch einen gemacht hat, durch welchen das Pferd dazu gebracht wird, daß es sich wieder herablasse. Der Prinz war nämlich ein kluger, scharfsinniger und entschlossener Mann. Er streckte daher seine Hand nach der linken Seite des Pferdes aus und fand einen zweiten Wirbel, den er sogleich rieb. Augenblicklich bemerkte er auch, daß das Pferd sich niedersenke: und als er wieder rieb, erblickte er bald die Erde und so näherte er sich der Erdoberfläche immer mehr und er war außer sich vor Freude und dankte Gott für seine Rettung. Dann rieb er wieder den rechten Wirbel ein wenig und flog in geringer Höhe weiter. Als es Abend war, erblickte er ein hohes Schloß, mitten in einer blühenden Ebene, durch die murmelnde silberklare Bäche flossen, wo herrliche Blumen standen und muntere Gazellen umhersprangen. Gleich darauf sah er eine große Stadt, mit einer festen Zitadelle, Türmen und hohen Mauern, und auf der anderen Seite der Stadt war ein sehr hohes und festes Schloß, um welches er vierzig bepanzerte Sklaven mit Schwertern, Bogen und Lanzen bewaffnet, umhergehen sah. Er dachte bei sich selbst: o wüßte ich doch nur, in welchem Lande ich mich befinde; nach einigem Nachdenken aber entschloß er sich, die Nacht auf der Terrasse des Schlosses zuzubringen und sich nach und nach mit den Bewohnern desselben zu befreunden. Sogleich bemühte er sich nun, das Pferd nach dem Schlosse hinzulenken und es auf die Terrasse niederzulassen. Die Nacht war schon hereingebrochen, als ihm dies gelang und er äußerst hungrig und durstig abstieg. Er untersuchte die Terrasse von allen Seiten, bis er endlich eine Treppe fand, die in das Innere des Schlosses hinabführte. Er stieg die Treppe hinunter und kam auf einen Platz vor der Türe des Schlosses, dessen Boden mit weißem Marmor gepflastert, vom Monde beleuchtet war; hier sah er sich überall um und bemerkte ein Licht, das aus dem Inneren des Schlosses schimmerte. Als er darauf zuging, kam er an eine Türe, vor welcher ein Sklave schlief, gleich einem von Solimans Geistern, lang wie ein Baum und breit wie eine steinerne Bank. Zu seiner Seite brannte ein Licht und lag ein Schwert, das wie eine Feuerflamme funkelte; nebenan aber stand ein Tischchen mit steinernen Pfeilern. Der Prinz zauderte einige Augenblicke, bald aber faßte er sich und sprach: »Ich rufe Gott um Hilfe an! Du, o Gott, der du mich soeben vom Untergang befreit hast, gib mir nun auch die Kraft, mir über dieses Schloß Auskunft zu verschaffen.«

Mit diesen Worten streckte er die Hand nach dem Tischchen aus, ergriff es und ging damit auf die Seite, hob die Decke weg und fand herrliche Speisen und aß und trank, bis er satt war. Dann ruhte er ein wenig aus, trug das Tischchen wieder an seinen vorigen Platz, nahte sich auf den Zehen dem Schlafenden und zog ihm das Schwert aus der Scheide. Damit ging er vorwärts, ohne zu wissen, was die Bestimmung über ihn verhängen werde; bald erblickte er wieder eine Türe, welche mit einem Vorhang bedeckt war. Er ging darauf zu, hob den Vorhang auf und trat in das Zimmer, wo ein Thron aus weißem Elfenbein stand, mit Perlen, Rubinen und anderen Edelsteinen besetzt, und an dem Fuße desselben lagen vier schlafende Sklavinnen; er näherte sich dem Throne, um zu sehen, wer auf ihm liege, und fand ein schlafendes Mädchen, schön wie der leuchtende Mond, von ihren langen Haaren umwallt. Er bewunderte ihre Schönheit und Anmut, ihren Wuchs und ihr Ebenmaß. Ihre Stirne leuchtete wie der Mond, ihre Wangen, von einem zarten Male angehaucht, glichen Anemonen. Als der Prinz sie sah, kümmerte er sich nicht mehr um Gefahr und Tod. Er nähert sich ihr zitternd und bebend und küßte sie auf ihre rechte Wange. Sie erwachte sogleich und öffnete ihre Augen und blickte den Prinzen an, der ihr zu Häupten stand und sagte zu ihm: »Wer bist du, Jüngling, und wo kommst du her?«

Er antwortete: »Ich bin dein Sklave und dein Geliebter.«

»Wer aber hat dich hierher gebracht?« sagte die Prinzessin weiter.

»Mein Gott und mein Schicksal«, erwiderte der Prinz.

Die Prinzessin, welche ihr Vater mit einem der vornehmsten Männer der Stadt verlobt hatte, glaubte, der Prinz sei ihr Verlobter. Sie betrachtete ihn näher und da er schön wie der leuchtende Mond war, breitete sich über ihr Herz das Netz der Liebe wie ein flammendes Feuer aus und sie begann sich mit ihm traulich zu unterhalten. Plötzlich erwachten die Sklavinnen und als sie den Prinzen neben ihrer Herrin sitzen sahen, riefen sie: »O Herrin! Wer ist denn der junge Mann, der bei dir ist?«

»Ich weiß es nicht«, antwortete die Prinzessin; »ich habe ihn so bei mir gefunden, als ich erwachte. Ohne Zweifel ist es mein Verlobter.«

Die Sklavinnen aber sagten: »O Herrin, beim erhabenen Gott! Dein Verlobter kann nicht einmal dieses Mannes Diener sein.«

Und mit diesen Worten gingen sie zu dem noch immer schlafenden Sklaven, weckten ihn auf und riefen ihm zu: »So bewachst du das Schloß, daß Leute hereinkommen, während wir schlafen?«

Als der Sklave dies hörte, sprang er erschrocken auf und wollte nach seinem Schwert greifen, da er es aber nimmer fand, ging er voll Angst und Betäubung zu seiner Herrin. Sowie er den Prinzen neben der Prinzessin sitzen sah, rief er ihm entgegen: »Wer hat dich hierher gebracht, du Betrüger, du Dieb, du niedrig Geborener!« Bei diesen Schimpfreden sprang der Prinz mit dem Schwert in der Faust wie ein Löwe auf; aber der Sklave entfloh und eilte zitternd und bebend in die Gemächer des Königs und erzählte ihm, was vorgefallen. Der König erschrak, machte sich auf, ergriff sein Schwert und sagte zu dem Sklaven: »Wehe dir, du Hund, was ist das für eine schlimme Nachricht!«

»Herr«, erwiderte der Sklave, »der Schlaf hat uns überwältigt, und als wir erwachten, sahen wir auf einmal einen Mann von vornehmem Aussehen und schöner Gestalt neben meiner Gebieterin sitzen; weder ich noch eine der

Sklavinnen konnten begreifen, wie er hereingekommen, ob er von oben oder von unten gekommen ist.«

Der König eilte selbst mit dem Schwerte in der Hand in die Gemächer der Prinzessin, um diesen Vorfall zu untersuchen. Als er in ihr Zimmer trat und den Prinzen neben seiner Tochter sitzen sah, geriet er in eine unglaubliche Wut; er zog sein Schwert, drang auf ihn ein und wollte ihm den Kopf spalten. Der Prinz aber erhob sich von dem Thron, streckte ihm sein Schwert entgegen und sagte: »Beim erhabenen Gott, wäre mir dies Haus nicht durch meinen Eintritt heilig, so würde ich dich denen, die in deiner Väter Gruft liegen, nachsenden.«

Der König sagte: »Wer bist du, Betrüger, und wer ist dein Vater, daß du es wagen darfst, in solchem Tone mit mir zu reden und meine Tochter in ihrem Schlosse zu überfallen? Weißt du nicht, daß ich der größte König der Erde bin? Bei dem erhabenen Gott, ich will dich der Welt zum Beispiel und Schrecken den martervollsten Tod sterben lassen, du Dieb, du niedrig Geborener!«

Der Prinz lächelte und sagte: »Herr! Du setzt mich in Erstaunen durch deinen schwachen Verstand und dein grobes Benehmen! Könntest du dich auch meiner bemächtigen und mich umbringen lassen, was würde es dir nützen? Würden da die Leute nicht sagen, der König hat einen jungen Mann bei seiner Tochter gefunden und ihn töten lassen. So würde Spott und Schande über dich kommen und kein Mensch mehr Ehrfurcht vor dir haben. Übrigens sind wir auch Könige und Söhne von Königen, und wenn wir wollten, wäre es uns ein leichtes, dich vom Thron ins Verderben zu stürzen! Doch Gott sei davor, daß je etwas Böses von mir bekannt werde. Kannst du deiner Tochter einen besseren Mann wünschen? Und wenn sie Prinzessin ist, so bin ich ein Sohn des Königs von Persien!«

Der König fragte ihn: »Warum aber bist du nicht, wie es Sitte ist, zu mir gekommen und hast um sie angehalten?«

Der Prinz erwiderte: »Was geschehen ist, ist geschehen. Doch will ich dir einen Vorschlag machen. Laß von deinen Truppen versammeln, so viel du willst, und ich will ganz allein gegen sie kämpfen; werde ich besiegt, so geschieht es, weil ich eine Schuld begangen, schlage ich sie aber in die Flucht, so wird man mich wohl nicht mehr mit Geringschätzung behandeln. Menschen kann man nicht wie Korn abmähen und messen.«

Der König war sehr zufrieden mit dem Vorschlag, der ihn aus der Verlegenheit riß, wie er den Prinzen töten lassen solle, ohne sich und seine Tochter in Schande zu bringen.

»Es sei so!« sprach er, versammelte, sobald der Tag anbrach, seine Truppen und stellte sie in Schlachtordnung und befahl, den Prinzen herbeizuführen und ihm ein Pferd und Waffen zu bringen.

Der Prinz aber sagte: »Ich will mein eigenes Pferd besteigen; befehle nur, daß man es von der Terrasse, wo es angebunden ist, herabhole.«

Als das Pferd herbeigeführt wurde, bewunderte der König die Schönheit und künstliche Arbeit desselben. Der Prinz bestieg es, und die Truppen umringten ihn von allen Seiten, um ihn zu erschlagen. Der Prinz drehte den Wirbel an der rechten Seite des Pferdes, und augenblicklich erhob es sich in die Luft wie ein Vogel. Der König rief immer: »Ergreift ihn.«

Die Soldaten aber sagten: »O König, wen sollen wir ergreifen? Bei dem erhabenen Gott, der ist ein Teufel, ein abtrünniger Geist! Gelobt sei Gott, der dich von ihm befreit hat!«

Der König und seine Truppen kehrten verwirrt und betäubt ins Schloß zurück. Der König ging in die Gemächer der Prinzessin und erzählte ihr das Vorgefallene, dann schimpfte er über den Prinzen und sagte: »Gott verdamme diesen schlechten, betrügerischen Zauberer!«

Der König glaubte nämlich, durch solche Reden seine Tochter trösten zu müssen und ahnte nicht, daß ihr Herz für den Prinzen in Liebe entbrannt war. Als er aber die Tränen sah, die ihren Augen entquollen, suchte er sie zu beruhigen und verließ sie. Die Prinzessin aber brach nun in lautes Weinen und Jammern aus und konnte weder essen noch trinken noch schlafen.

Der Prinz Kamr al Akmar (Mond der Monde, so hieß er) durchflog indessen die Luft, bis er in das Land seines Vaters kam. Er ließ sich auf der Terrasse seines väterlichen Schlosses nieder und stieg vom Pferde; wie er die Treppe in das Schloß hinunterging, fand er Asche auf die Pfosten des Schlosses gestreut, so daß er glauben mußte, es sei jemand von seinen Verwandten gestorben; er eilte in die inneren Gemächer nach seiner Gewohnheit, und hier fand er seinen Vater, seine Mutter und Schwestern in Trauerkleider gehüllt, mit bleichen, schmerzentstellten Gesichtern. Sein Vater sah ihn zuerst; er stieß einen lauten Schrei aus und fiel in Ohnmacht; und als er nach einer Weile wieder zu sich kam, drückte er seinen Sohn an seine Brust. Die Königin und die Prinzessinnen, welche dies vernahmen, stürzten auf ihn zu, umarmten und küßten ihn und fragten ihn unter Tränen, wie es ihm ergangen sei. Er erzählte ihnen alles, was ihm begegnet war, von Anfang an bis zum Ende. Als er seine Erzählung geschlossen hatte, sagte sein Vater: »Gelobt sei Gott, der Erhabene, für deine Rettung, du Freude meines Auges und Leben meines Herzens!«

Die Nachricht durchflog schnell die Stadt und verbreitete überall Jubel und Freude; man schlug Trommeln und Pauken und wechselte die Trauerkleider mit Freudenkleidern; die Stadt wurde festlich geschmückt, und die Leute drängten sich herbei, um dem König Glück zu wünschen. Dieser ordnete große Festlichkeiten an, erließ alle Strafen, ließ alle Gefangenen frei und gab sieben Tage und sieben Nächte lang Mahlzeiten, bei denen jedermann essen und trinken und sich ergötzen konnte. Dann ritt der König mit seinem Sohne durch die Straßen, damit alle Leute ihn sehen und sich seiner erfreuen konnten. Als die öffentlichen Festlichkeiten zu Ende waren, gingen die Stadtbewohner wieder nach Hause, der König aber begab sich mit seinem Sohne ins Schloß. Da sie nun so bei Tische saßen und aßen und tranken und sich belustigten, ergriff eine schöne Sklavin, die Meisterin im Lautenspiele war, die Laute, schlug die Saiten und sang folgende auf die Trennung bezügliche Verse:

»Glaube nicht, daß ich in der Ferne deiner vergesse;
denn was könnte ich noch denken, wenn ich dich vergäße?
Die Zeit vergeht, aber meine Liebe zu dir ist ewig.
Mit ihr werde ich sterben, und mit ihr
werde ich wieder auferstehen!«

Als der Prinz diese Verse hörte, ward sein Herz ganz entzündet von der Flamme der Sehnsucht; Schmerz und Trauer überwältigten seine Seele, und er verließ seinen Vater heimlich, bestieg das Pferd aus Ebenholz und flog auf ihm in einem fort, bis er das Schloß der Prinzessin erblickte. Er ließ sich wieder auf der Terrasse nieder und stieg dieselbe Treppe wie früher hinab, wo er auch den Sklaven, wie das erste Mal, schlafend fand; leise ging er an ihm vorbei auf den Vorhang zu, der die Türe des Schlafgemachs der Prinzessin bedeckte; er blieb ruhig hinter dem Vorhange stehen und lauschte. Diese fand er laut weinend und jammernd und Verse rezitierend. Die Mädchen wurden durch das laute Schluchzen und Weinen der Prinzessin aus dem Schlafe aufgeweckt und sagten zu ihr: »O Gebieterin, warum doch grämst du dich so über einen, der deinen Gram nicht mit dir teilt?«

Die Prinzessin aber sagte: »O ihr unverständigen Mädchen, ist das ein Mann, den man wieder vergessen kann?«

Und nun brach sie wieder von neuem in Jammern und

Weinen aus, bis sie endlich einschlief. Der Prinz hörte und sah das alles von der Türe aus mit an, und sein Herz pochte so heftig, und seine Brust war beklommen. Er trat in das Zimmer und ging zu dem Throne, wo die Prinzessin lag und zog sie an der Hand. Die Prinzessin erwachte sogleich bei dieser Berührung, und wie sie die Augen aufschlug, sah sie den Prinzen vor sich stehen. Der Prinz sagte zu ihr: »Warum weinst du und bist so traurig?«

Als sie ihn erkannte, sprang sie auf, fiel ihm um den Hals, küßte ihn und sagte: »Deinetwegen, weil ich von dir getrennt bin.«

Der Prinz sagte: »Laß das Geschehene, ich bin jetzt sehr hungrig und durstig.«

Sie ließ sogleich Speisen und Getränke auftragen und unterhielt sich dann mit ihm bis tief in die Nacht hinein. Als der Morgen anbrach, stand er auf, um Abschied von ihr zu nehmen, ehe der Sklave erwachte. Schems ulnahar (so hieß sie) fragte ihn: »Wohin gehst du?«

»Zu meinem Vater«, sagte er, »doch verspreche ich dir, jede Woche einmal zu dir zu kommen.«

Sie aber sagte: »Ich beschwöre dich bei dem erhabenen Gott, nimm mich mit dir, wohin du auch gehen magst, und laß mich nicht ein zweites Mal die Bitterkeit der Trennung kosten.«

Der Prinz sagte: »Willst du mit mir ziehen?«

Und als sie mit einem Ja antwortete, sagte er: »So erhebe dich, daß wir abreisen.«

Schems ulnahar eilte sogleich nach einer Kiste und zog die kostbarsten, mit Gold und Juwelen besetzten Gewänder an. Dann gingen sie leise, ohne daß die Mädchen etwas merkten, hinaus und kamen so auf die Terrasse und stiegen beide auf das Ebenholzpferd. Der Prinz rieb dann den Wirbel, worauf das Pferd wie ein Vogel durch die Lüfte flog, bis sie sich über der Hauptstadt des Königs von Persien befanden. Der Prinz ließ das Pferd in einem Garten außerhalb der Stadt langsam nieder, hob die Prinzessin herab und führte sie in ein Lusthaus und sagte:

»Bleibe du einstweilen hier, ich will zu meinen Eltern gehen und sie von deiner Ankunft benachrichtigen. Die Wesire und die ganze Armee sollen dir entgegeneilen und mit Pracht und Glanz vor dir herziehen.«

Hierauf eilte er zu seinem Vater und erzählte ihm sein ganzes Abenteuer. Der König und die Königin freuten sich sehr, und er gab sogleich Befehl, alles zusammenzurufen, und alle Leute strömten hinaus nach dem Garten.

Der persische Weise, den der König bei der ersten Rückkehr des Prinzen wieder in Freiheit gesetzt hatte, hielt sich gewöhnlich beim Gärtner auf und ging oft in dem Garten ein und aus. So traf es sich denn, daß er an dem Tage, wo der Prinz mit der Prinzessin ankam, sie sah und den Prinzen erkannte. Er näherte sich dem Lusthause und fand ein Mädchen, schöner als die leuchtende Sonne, und neben ihr stand das Pferd von Ebenholz.

Da dachte er: »Bei dem erhabenen Gott, dieser junge Mann hat mein Herz in Flammen gesetzt wegen seiner Schwester, ich will ihm jetzt Gleiches mit Gleichem vergelten und dieses Mädchen mit meinem Pferd zugleich entführen.«

Er klopfte dann an die Türe des Gemaches, und als die Prinzessin fragte, wer da sei, antwortete er: »Dein Sklave und dein Diener. Dein Herr schickt mich zu dir und läßt dich bitten, mir zu folgen; ich soll dich auf dem Pferd der Stadt näher bringen, weil meine Herrin, die Königin, nicht so weit gehen kann und sich doch so sehr darauf freut, dich zu sehen und zu begrüßen.«

Die Prinzessin zweifelte nicht im mindesten an der Wahrheit dieser Botschaft und öffnete die Türe, wie sie aber seine häßliche Gestalt, seine abscheuliche Gesichtsfarbe und Züge sah, sagte sie: »Hat meine Herrin keinen feineren Diener als dich, um mich zu ihr zu bringen?«

Der Perser antwortete: »Meines Herrn Sklaven sind alle einer schöner als der andere, aber aus Eifersucht wählte er mich aus den Sklaven, den du hier vor dir siehst, denn ich bin einer seiner ältesten Diener.«

Die Prinzessin fand dies alles wahrscheinlich. Sie schwang sich aufs Pferd, und der Perser saß hinter ihr auf, rieb den Wirbel, so daß sich das Pferd in die Lüfte schwang und die Richtung nach China nahm.

Zu gleicher Zeit, wo der Weise die Prinzessin entführte, brach der Zug zu ihrem Empfang von dem Palaste auf. Unter dem Schall von Trommeln, Pauken und Trompeten zog der Prinz mit seinem Vater, seiner Mutter, den Wesiren an der Spitze der Truppen in den Garten ein. Der Prinz trat zuerst in das Lusthaus, um seine geliebte Prinzessin zu holen, als er aber das Gemach leer fand, warf er seinen Turban auf die Erde und schlug sich ins Gesicht und auf die Brust. Als er den Gärtner bemerkte, schrie er ihn an: »Du Betrüger, wo ist die Prinzessin, was hast du mit ihr begonnen? Sage mir die Wahrheit oder ich schlage dir den Kopf vom Rumpfe!«

Der Gärtner, der in der größten Verlegenheit war, sagte: »Mein Herr, du sprichst da von etwas, wovon ich gar nichts weiß. Bei meinem Leben und dem geehrten Barte deines Vaters, ich weiß nicht, was du meinst und habe nichts gesehen von dem, weshalb du mich in Verdacht hast.«

Er fragte dann den Gärtner, wer heute in den Garten gekommen sei.

Dieser antwortete: »Niemand als der persische Weise.«

Der Prinz wußte, als er dies hörte, daß der persische Weise die Prinzessin entführt hatte. Er geriet ganz außer sich und schämte sich auch vor den Leuten. Nach einigem Nachdenken sagte er zu seinem Vater: »Gehe du mit den Truppen in die Stadt zurück, ich weiche nicht von hinnen, bis ich im klaren über diese Sache bin.«

Sein Vater schlug sich weinend auf die Brust und sagte: »Mein Sohn, fasse dich und tröste dein Herz und wähle dir eine Prinzessin zur Gattin von allen Prinzessinnen der Erde.«

Der Prinz aber antwortete nicht hierauf, sondern ließ ihn allein in die Stadt zurückkehren. Und so ward die Freude wieder in Trauer verwandelt.

Um aber wieder auf den persischen Weisen zurückzukommen, so lenkte dieser das Zauberpferd in China zur Erde und stieg mit der Prinzessin in einer grünen Ebene unter einem Baum an einer Quelle ab. Als sie sich hier niedergelassen hatten, fragte die Prinzessin: »Wo ist dein Herr, und wo ist sein Vater und seine Mutter?«

Er antwortete: »Gott verdamme sie alle; jetzt bin ich dein Herr. Dies Pferd hier gehört mir, ich habe es gemacht. Glaube nur nicht, daß du den Prinzen je wiedersehen wirst, ich bin besser als er und werde jeden deiner Wünsche befriedigen und dich kleiden, wie du es verlangst; ich bin ein reicher Mann und besitze nicht nur viele Sklaven und Sklavinnen, sondern auch viele Güter, und mein Einkommen ist unermeßlich.«

Er scherzte dann mit ihr und suchte sich bei ihr einzuschmeicheln, aber sie stieß ihn weit von sich und fing an zu seufzen und zu weinen. Der Weise lag zu Boden und schlief ein. Durch die Bestimmung des erhabenen Gottes traf es sich nun, daß der König von China gerade in jener Gegend jagte, und da ihn große Hitze sehr durstig machte, suchte er diese Quelle unter dem Baume auf, um seinen Durst zu löschen und auszuruhen. Als er hier ein weinendes Mädchen sah mit einem Pferd an der Seite, während der Weise auf einer anderen Seite hingestreckt lag, bewunderte er ihre Schönheit und ward ganz entzückt von ihr. Als er sie eine Weile betrachtet hatte, stieß er den Weisen mit dem Fuße, bis er sich erhob, dann fragte er ihn, wer das Mädchen sei, das er mit sich führe.

Er antwortete: »Sie ist meine Frau.«

Die Prinzessin sprang bei diesen Worten auf, küßte die Steigbügel des Königs und sagte: »Er lügt, o Herr! Er ist ein listiger Zauberer, der mich durch List und Verrat gestohlen hat.«

Der König von China sagte: »Gebt diesem Alten sogleich die Bastonnade und führt ihn gefesselt ins Gefängnis.«

Die Diener des Königs vollstreckten diesen Befehl. Der König kehrte dann an ihrer Seite nach der Stadt zurück. Unterwegs fragte er sie, was denn das für ein Pferd sei. Die Prinzessin antwortete: »O Herr, auf dem hölzernen Pferde ritt er vor den Leuten und machte allerlei Kunststücke darauf.«

Wie der König das hörte, befahl er seinen Dienern, das Pferd in die Schatzkammer zu führen. Er gab die Jagd auf und sagte: »Wir sind ausgegangen, wilde Tiere zu jagen und haben dafür eine menschliche Gazelle gefangen.«

Er war sehr heiter und vergnügt. Als er in seinen Palast kam, ließ er der Prinzessin sein Gemach anweisen, und noch am selben Abend ging er zu ihr, um ihr seine Hand anzubieten. Die Prinzessin stellte sich aber wahnsinnig. Sie schlug die Hände zusammen, stampfte mit den Füßen und zerriß unter wilden Schreien ihre Kleider; der Sultan verließ höchst verwirrt und betrübt über diesen Krankheitsanfall ihr Gemach, stellte Frauen zu ihrer Bedienung auf und verschwendete viel Geld an Ärzte und Astrologen, die die Prinzessin von ihrer Verstandsverwirrung heilen sollten.

Während das mit der Prinzessin vorfiel, wanderte der Prinz von einem Land zum andern und durchstreifte alle Städte, bis ihn das Allwissende und Allhörende wie durch einen Zufall nach China führte. Er kam in die Hauptstadt und als er die Bazare und öffentlichen Plätze besuchte, um zu hören, womit die Leute sich unterhalten, hörte er mehrere Leute auf dem Bazar von dem König und einem Mädchen sprechen, das man allgemein bedauerte. Er näherte sich den Leuten und ersuchte sie, ihm diese Begebenheit auch mitzuteilen.

»Wisse«, sagte der eine von ihnen, »unser König ging vor einiger Zeit auf die Jagd, da sah er ein schönes Mädchen mit einem alten Manne und neben ihnen stand ein Pferd von schwarzem Holze. Als der König den Alten nach dem Mädchen fragte, sagte dieser: ›Sie ist meine Frau.‹ Das Mädchen aber schrie: ›Bewahre Gott, er lügt und ist ein Zauberer, der mich listigerweise aus meines Vaters Hause entfernt hat.‹ Der König ließ den Alten ins Gefängnis werfen; das hölzerne Pferd befahl er in seine Schatzkammer zu führen; das Mädchen aber nahm er mit sich ins Schloß und wollte sie heiraten. Da ward das Mädchen plötzlich verrückt und besessen. Seit einem Jahr wendet der König alles für Ärzte und Astrologen auf, aber noch hat sich keiner gefunden, der ihr hätte helfen können.«

Als der Prinz diese Erzählung hörte, war er außer sich vor Freude und rief: »Gott sei gelobt und gepriesen! Es bringt dir jemand Neuigkeiten, die du nicht gesucht hast.«

Der Prinz kleidete sich als Astrologe, machte sich weite herabhängende Ärmel, setzte einen großen Turban auf, färbte seine Augenbrauen und kämmte seinen Bart. Dann nahm er eine Schachtel mit einer Hand voll Sand und ein altes Buch von feinem Pergament unter den Arm; in die eine Hand nahm er einen Stock, in die andere einen Rosenkranz und ging, wie die Astrologen pflegen, die Perlen des Rosenkranzes abzählend, langsam einher und schrie: »Glück unserm Quartier und dem eurigen!«

So kam er an das Tor des Palastes, wo er zu dem Pförtner sagte: »Ich möchte, daß du dem König sagest: Ein weiser Sterndeuter ist aus Persien gekommen, hat die Geschichte deiner Sklavin gehört und will sie heilen.«

Der Pförtner eilte schnell ans Tor, führte den Prinzen zum König. Dieser benahm sich ganz wie ein echter Sterndeuter, sprach vieles Vernünftige und Verständliche und murmelte eine Menge Worte unter einander her, die keiner der Anwesenden verstehen konnte, er grüßte dann den König und neigte den Kopf zur Erde.

Der König sagte zu ihm: »O Weiser, ich habe ein Mädchen, das seit einem Jahr mit den Händen schlägt und mit den Füßen stampft, wenn du sie heilst, so gebe ich dir, was du begehrst.«

Der Prinz sagte: »Laß mich zu ihr führen, daß ich die Ursache ihrer Krankheit erforsche und sehen kann, zu welcher Klasse von Geistern der gehört, der in ihr haust.«

Der König befahl sogleich dem Oberstkämmerer, den verkleideten Prinzen in die Gemächer der Prinzessin zu führen, damit er ihren Zustand untersuche. Als der Prinz vor die Türe ihres Zimmers kam, hörte er, wie sie unter vielen Tränen Verse rezitierte. Sein Herz entbrannte um ihretwillen, und er trat schnell in das Zimmer, in welchem sie mit geschlossenen Augen ganz entstellt von brennender Liebe lag und sagte: »Gott möge dich aus diesem Zustande retten, Schems ulnahar! mit der Hilfe des Allmächtigen ist die Erlösung da! Ich bin Kamr al Akmar!«

Als sie seine Stimme hörte und ihn erkannte, erhob sie sich, schlang ihre Arme um seinen Nacken und küßte ihn, dann fragte sie den Prinzen, wie er denn zu ihr habe kommen können.

Er aber antwortete ihr: »Es ist jetzt keine Zeit zu langen Gesprächen, denn der Oberstkämmerer steht im Vorgemach, und noch weiß ich nicht, auf welche Weise ich dich befreien soll. Indessen will ich versuchen, ob es nicht durch List geschehen kann; ist das nicht möglich, so eile ich zu meinem Vater zurück und werde an der Spitze aller Truppen nach China kommen und Krieg mit ihm führen, Gott wird dann nach seinem Willen beschließen.«

Er verließ sie dann, ging zu dem König zurück und sagte: »Herr, ich will dir ein Wunder zeigen!«

Der König erhob sich sogleich und ging mit Kamr al Akmar zu der Prinzessin. Diese fing sogleich an zu schreien und zu schäumen, stampfte mit den Füßen und schlug mit den Händen. Hierauf ging der Prinz auf sie zu, murmelte seine Beschwörungen her und schäumte und blies ihr ins Gesicht, biß sie ins Ohr und flüsterte ihr zu: »Stehe jetzt mit Würde auf, gehe zum König hin, küsse ihm die Hand und zeige dich ihm gefällig.«

Als der verkleidete Prinz das Ohr der Prinzessin losließ, sank sie wie ohnmächtig nieder und blieb einige Augenblicke so liegen, dann stand sie auf wie eine vom Schlaf erwachte und näherte sich dem König, küßte voll Ehrerbietung seine Hand und sagte: »Willkommen, mein Herr und König! Ich bin erstaunt darüber, daß du deine Sklavin heute besuchst.«

Der König war außer sich vor Freude, als er diese Worte hörte, welche mit einer süßen Stimme gesprochen wurden.

Er wendete sich dann zu dem Prinzen und sagte: »Wünsche dir etwas, ich gewähre dir deine Bitte im voraus.«

Der Prinz entgegnete: »Herr, die Zeit der Wohltat ist noch nicht da, denn ich fürchte sehr, daß die Krankheit des Mädchens wieder ausbreche. Ich wünschte«, fuhr der Prinz fort, »daß sie von zehn Sklavinnen ins Bad getragen werde; sie darf aber nicht mit dem Fuß den Boden berühren. Dann laß ihr den kostbarsten Schmuck von Edelsteinen umhängen, damit ihr Herz seinen Kummer vergesse und ihr Gemüt sich erfreue. Ist das alles geschehen, so laß sie außerhalb der Stadt an den Ort bringen, wo du sie gefunden hast; denn dort ist der böse Geist in sie gefahren.« Als der König diese Worte des Prinzen hörte, sagte er ihm: »Gott grüße dich, o Künstler, o Philosoph, ich habe noch keinen so geschickten Arzt gefunden, wie mochtest du nur wissen, daß ich das Mädchen außerhalb der Stadt gefunden.«

Er ließ sogleich die Befehle des Prinzen vollziehen und kleidete sie mit Schmuck, der eine ganze Schatzkammer wert war, dann trug man sie unter den Baum, wohin sich auch der König mit den Wesiren und seinen Truppen sowie mit dem Prinzen begab. Dieser murmelte Beschwörungen her, blickte bald gen Himmel, bald zur Erde und ließ Räucherwerke bereiten. Nach einer Weile hob er den Kopf in die Höhe, trat zu dem König und sagte: »Herr, mir ist klar geworden, daß der Teufel, der in dieses Mädchen gefahren, seinen eigentlichen Sitz im Leibe eines Tieres aus schwarzem Ebenholze hat. Wird nun dieses Tier nicht gefunden, daß ich dem bösen Geiste auflauern kann, so wird das Mädchen jeden Monat von ihm befallen werden.«

Bei diesen Worten des Prinzen sagte der König: »Du bist ein göttlicher Mann und Meister aller Weisen und Philosophen! Du hast bei Gott recht, denn ich sah mit eigenen Augen, wie neben dem Mädchen und dem alten Räuber ein Pferd von schwarzem Ebenholze stand, das vielleicht das Tier ist, von dem du sprichst.«

Der König gab sogleich die nötigen Befehle, und nach kurzer Zeit ward das Pferd herbeigeführt. Der Prinz untersuchte es aufs genaueste, um sich zu überzeugen, daß es unbeschädigt sei, dann befahl er das Räucherwerk anzuzünden. Hierauf zog er eine Handvoll zerschnittenes Papier aus seinem Turban und sagte: »Sobald ich auf dem Pferde sitze, so setzet das Mädchen hinter mich und werfet dies Papier in die Flammen. Wenn dem Pferde dieser Geruch in die Nase kommt, wird es das Maul und die Nüstern aufsperren, um ihn einzusaugen, und dann wird der Teufel aus seinem Leibe fahren, sobald ich diesen Wirbel drehe.«

Man befolgte genau seine Befehle und sobald das Mädchen hinter ihm saß, drehte er den Wirbel, und das Pferd erhob sich mit ihm und der Prinzessin wie ein Vogel.

Der König rief seinen Leuten: »Haltet sie an! Haltet sie an!«

Als sie ihn aber davonfliegen sahen, sagten sie: »O Herr, was ist da zu tun, das ist ein Teufel oder ein böser Geist!« Der König aber, der noch in die Luft starrte, als schon längst jede Spur von dem Pferde verschwunden war, schrie plötzlich laut auf und fiel in Ohnmacht. Als er wieder zu sich kam, sagte er: »Es gibt keine Macht und keinen Schutz, außer bei Gott, dem Erhabenen! Hat jemals einer einen Menschen fliegen sehen? Bei Gott, das ist höchst wunderbar!«

Dann kehrte er mit seinen vor Erstaunen ganz erstarrten Wesiren und Truppen in die Stadt zurück, ließ den weisen Perser aus dem Gefängnis holen und schrie ihn an: »Elender Betrüger! Warum hast du mir die wunderbare Eigenschaft dieses hölzernen Pferdes nicht gesagt, so daß es einem nichtswürdigen Landstreicher gelungen ist, mir dieses Mädchen zu entführen, das noch einen ganzen Schatz an seinem Körper hängen hat?«

Als der Weise diese Worte hörte, schrie und weinte er laut und schlug sich in das Gesicht und sagte: »O Herr, wisse, ich habe dieses kunstreiche Pferd gemacht und es Sabur, dem König von Persien gebracht, der mir dafür die Hand seiner jüngsten Tochter versprach. Sein Sohn aber ist der Räuber des Mädchens und des Pferdes, und es sieht so und so aus.«

Hierauf erzählte er ihm seine ganze Geschichte von Anfang bis zu Ende, und der König geriet darüber in solchen Grimm, daß er dem Bersten nahe war, und er betrauerte sein ganzes Leben hindurch den Verlust des Mädchens und des Pferdes. Der Prinz aber durchflog die Luft, bis er der Residenz seines Vaters nahe war, dann ließ er sich im Schlosse seines Vaters nieder; denn das Sprichwort sagt:

»Durch häufiges Fallen lernt man gehen«, und wäre er gleich anfangs vorsichtig gewesen, so wären ihm alle diese Unglücksfälle nicht zugestoßen. Seine Eltern waren über seine Ankunft mit dem Mädchen und dem Pferde nicht wenig erfreut. Diese glückliche Nachricht durchflog schnell die ganze Stadt, und alle, die es hörten, lobten und dankten Gott dem Allmächtigen. Das ganze Volk, die Wesire und die Truppen versammelten sich, um dem König Glück zu wünschen. Auch dem großen König, dem Vater der Prinzessin, schickte man Boten mit Briefen und dieser sandte die herrlichsten Geschenke an seine Tochter und an seinen Schwiegersohn. Nun ließ der König die Stadt festlich schmücken; sieben Tage und sieben Nächte dauerten die Festlichkeiten, und eine Menge Geldes ward unter die Armen ausgeteilt. Das Zauberpferd ward in die Schatzkammer gestellt, und ihr ganzes Leben war nur eine fortlaufende Kette der süßesten Annehmlichkeiten, bis auch sie der Zerstörer aller Freuden und der Trenner aller Bündnisse, der Tod, überfiel.

[Arabisches Märchen]

Das Luftschiff

Es lebten einmal ein Mann und eine Frau, die hatten drei Söhne: zwei kluge und einen dritten, der war dumm. Die beiden Älteren liebte die Mutter und kleidete sie sauber, doch der Jüngste mußte immer in einem schmutzigen Hemd herumlaufen.

Einmal hörten sie, daß der Zar eine Botschaft aussenden ließ: »Wer ein Schiff baut, das fliegen kann, der bekommt die Zarentochter zur Frau.«

Die beiden älteren Brüder entschlossen sich, ihr Glück zu versuchen, und baten die Eltern um ihren Segen. Die Mutter gab ihnen weißes Weizenbrot, verschiedenerlei Fleisch und eine Flasche Schnaps und wies ihnen den Weg. Als dies der Dummkopf sah, begann er ebenso zu bitten, daß sie ihn ziehen lassen mögen. Die Mutter versuchte ihn von seinem Vorhaben abzubringen: »Was fällt dir ein, Dummkopf, dich werden die Wölfe fressen!«

Aber der Dummkopf wiederholte unablässig seinen Wunsch. Schließlich mußte die Mutter einsehen, daß nichts zu machen war. Sie gab ihm altes Brot und eine Flasche Wasser und warf ihn aus dem Haus.

Der Dummkopf lief und lief und schließlich traf er einen alten Mann. Sie begrüßten einander, und der Alte fragte den Dummen: »Wohin gehst du?«

»Ich bin auf dem Weg zum Zaren. Er gibt demjenigen seine Tochter zur Frau, der ein fliegendes Schiff bauen kann.«

»Wahrhaftig, kannst du so ein Schiff bauen?«

»Nein, davon verstehe ich nichts.«

»So, warum gehst du dann hin?«

»Gott weiß, warum ich hingehe!«

»Nun, wie es auch sei«, sagte der Alte, »setz dich her zu mir, ruhen wir aus und essen wir etwas. Nimm heraus, was du da in deinem Sack hast.«

»Ach nein, wenn man das herzeigt, muß man sich vor den Menschen schämen.«

»Das macht nichts. Was Gott gegeben hat, das wollen wir nicht verschmähen.«

Der Dummkopf öffnete den Sack und wollte seinen Augen nicht trauen. Anstelle des schwarzen Brotes lag schönes, weißes Weizenbrot darin und noch verschiedene feine Zutaten. Er gab davon dem Alten.

»Siehst du«, sagte der Alte zu ihm, »wie Gott mit den Dummen fühlt. Paß auf, schauen wir noch, was es zu trinken gibt?«

Und siehe da, in der Flasche war statt des Wassers richtiger Schnaps. So aßen und tranken sie gemeinsam.

Dann sagte der Alte zu dem Dummen: »Jetzt höre mir einmal gut zu. Gehe in den Wald, stelle dich zu dem erstbesten Baum, bekreuzige dich dreimal und schlage mit dem Beil an den Baum. Dann lasse dich zu Boden fallen und bleibe still liegen, und zwar solange, bis dich jemand aufweckt. Dann wirst du sogleich ein fertiges Schiff sehen, setze dich hinein und fliege, wohin du willst. Wenn du aber unterwegs jemandem begegnest, dann nimm ihn auf.«

Der Dummkopf bedankte sich, dann nahm er Abschied von dem Alten und ging dem Wald zu. Er trat an den ersten Baum und tat alles genau, wie ihm geheißen. Er bekreuzigte sich dreimal, schlug mit dem Beil zu, fiel auf die Erde nieder und schlief ein. Es verging einige Zeit, und plötzlich fühlte er, daß ihn jemand wachrief. Der Dummkopf erwachte und sah ein fertiges Schiff. Er dachte nicht lange nach, setzte sich hinein, und das Schiff entflog in die Luft.

Er flog und flog, plötzlich sah er einen Menschen, der auf dem Weg lag, mit einem Ohr am Boden und lauschte.

»Guten Tag, Onkelchen!«

»Guten Tag, Neffe!«

»Was machst du da?«

»Ich horche, was sich auf der Gesellschaft beim Zaren so tut.«

»Setz dich doch zu mir auf mein Schiff.«

Dem Horcher gefiel dieser Vorschlag, er setzte sich ins Schiff, und sie flogen weiter.

Sie flogen und flogen, plötzlich aber sahen sie einen Menschen auf einem Bein stehen, während das andere an seinem Ohr festgebunden war.

»Guten Tag, Onkelchen! Wieso hüpfst du da auf einem Bein?«

»Ich habe das andere festgebunden, weil ich sonst mit einem Sprung die ganze Welt übersteigen würde.«

»Setz dich zu uns.«

Der Schnelläufer stieg ein, und sie flogen wieder weiter. Sie flogen und flogen, plötzlich sahen sie einen Menschen mit einer Flinte stehen, er zielte, aber worauf, das weiß man nicht.

»Guten Tag, Onkelchen, worauf zielst du? Ich habe keinen einzigen Vogel gesehen.«

»Ich kann viele tausend Werst weit schießen, egal ob auf einen Vogel oder ein anderes Tier.«

»Setz dich zu uns!«

Er setzte sich zu ihnen, und sie flogen weiter.

Sie flogen und flogen, plötzlich sahen sie einen Menschen, der trug einen Sack voll Brot auf seinem Rücken.

»Guten Tag, Onkelchen! Wohin gehst du?«

»Ich gehe mir Brot zum Mittagessen holen.«

»Aber du trägst doch einen vollen Sack?«

»Ach, was ist das schon. Diese Brote sind alle für mich und nach einmal hinbeißen ist nichts mehr da.«

»Setz dich zu uns.«

Der Fresser setzte sich ins Schiff, und sie flogen weiter.

Sie flogen und flogen, plötzlich sahen sie einen Menschen, der immerzu um einen See herumlief.

»Guten Tag, Onkelchen, warum läufst du immer um den See?«

»Ich will trinken, aber ich kann kein Wasser finden.«

»Aber vor dir ist doch ein ganzer See, warum trinkst du nicht?«

»Ach, dieses Wasser reicht nur für einen Schluck.«

»So setz dich doch zu uns.«

Der Säufer setzte sich, und sie flogen weiter.

Sie flogen und flogen, plötzlich sahen sie einen Menschen, der trug ein Bündel Reisig auf den Schultern in den Wald.

»Guten Tag, Onkelchen. Warum trägst du das Reisig in den Wald?«

»Da gibt es kein solches Reisig.«

»Was ist das für eines?«

»Das ist ein besonderes Reisig, wenn du es auseinanderwirfst, steht sogleich ein ganzes Regiment vor dir.«

»Nimm bei uns Platz!«

Er setzte sich dazu, und sie flogen weiter.

Sie flogen und flogen, plötzlich sahen sie einen Menschen, der trug einen Sack voll Stroh.

»Guten Tag, Onkelchen! Wohin trägst du das Stroh?«

»In das Dorf trage ich es.«

»Sag doch, gibt es im Dorf nicht genügend Stroh?«

»Das ist ein besonderes Stroh, wenn auch der Sommer noch so heiß wäre, und man streut es aus, dann wird es sogleich kalt, Schnee und Frost kommen!«

»Setz dich zu uns, bitte sehr!«

Das war die letzte Begegnung, und bald gelangten sie alle an den Zarenhof.

Der Zar saß zu dieser Zeit gerade beim Mittagsmahl, als

er das fliegende Schiff erblickte. Er befahl seinem Diener nachzufragen, wer mit diesem Schiff herbeigeflogen sei. Der Diener ging hin und sah, daß auf dem Schiff nur zerlumpte Bauern waren. Er blieb nicht, fragte nichts, sondern kehrte zurück und brachte dem Zaren die Nachricht, daß auf dem Schiff lauter zerlumpte Kerle seien und kein einziger Edelmann.

Der Zar kam zu dem Entschluß, daß es nicht in Frage käme, seine Tochter an einen solchen Bauernlümmel zu geben, und er begann zu überlegen, wie er sich einen solchen Schwiegersohn ersparen könne.

Da dachte er bei sich: »Ich werde ihm verschiedene schwierige Aufgaben geben.«

Sofort ließ er dem Dummkopf ausrichten, daß er Wasser der Heilung und Wasser des Lebens holen solle, bis das Mittagsmahl beendet sei.

Zur gleichen Zeit, als der Zar diesen Befehl an seinen Schwiegersohn erteilen ließ, vernahm der Horcher bereits die Überlegungen des Zaren und erzählte alles dem Dummkopf.

»Was soll ich tun? Weder ein Jahr, noch ein ganzes Leben würde reichen, um dieses Wasser zu besorgen!«

»Fürchte dich nicht«, sagte der Schnelläufer zu ihm, »ich werde das für dich besorgen.«

Der Diener kam und überbrachte ihm des Zaren Befehl.

»Gut, ich werde das Wasser bringen!« antwortete der Dummkopf.

Dann band der Schnelläufer sein Bein vom Ohr los, lief davon und im Nu hatte er das Wasser der Heilung und Wasser des Lebens geschöpft.

»Ich komme noch zur rechten Zeit zurück«, dachte er und setzte sich unter ein Mühlrad, um auszuruhen und schlief ein. Das Mittagsmahl des Zaren neigte sich schon seinem Ende zu, aber von dem Schnelläufer war nichts zu sehen. Auf dem Schiff wurden alle unruhig.

Der Horcher legte sich auf die feuchte Erde, spitzte seine Ohren und rief plötzlich: »He, der schläft ja unter dem Mühlrad!«

Sogleich packte der Schütze seine Flinte, gab einen Schuß auf das Mühlrad ab und weckte damit den Schnellläufer. Der lief los und in weniger als einer Minute brachte er das Wasser. Der Zar war noch nicht von seinem Stuhl aufgestanden, da war die Aufgabe schon erfüllt, die er für unmöglich gehalten hatte.

Was soll man nun machen, nichts konnte man machen, es blieb nichts anderes übrig, als eine neue Aufgabe zu finden. Der Zar befahl dem Dummkopf auszurichten, daß er mit seinen Gefährten auf einmal zwölf gebratene Ochsen und zwölf Säcke frischgebackenes Brot verschlingen müsse. Der Horcher vernahm alles und verriet es dem Dummkopf.

Der Dummkopf erschrak und jammerte: »Was soll ich jetzt tun? Ich kann nicht ein einziges Brot auf einmal aufessen!«

»Fürchte dich nicht«, tröstete ihn der Fresser, »für mich wird das noch wenig sein.«

Der Diener kam und richtete den Befehl aus.

»Nun«, sagte der Dummkopf, »wir werden alles essen.«

Sie brachten zwölf gebratene Ochsen und dazu zwölf Säcke frischgebackenes Brot. Der Fresser aß alles auf einmal.

»Ach«, jammerte er, »das war wenig! Wenn sie mir doch noch etwas geben wollten!«

Dann befahl der Zar dem Dummkopf auszurichten, daß er vierzig Fässer Wein, jedes Faß zu vierzig Eimern mit seinen Gefährten austrinken müsse. Der Horcher vernahm wieder den Befehl des Zaren und verriet alles wie bisher. Der Dummkopf erschrak sehr.

»Ach, wenn ich auch alle Kraft zusammennehme, ich kann nicht einen einzigen Eimer auf einmal austrinken!«

»Fürchte dich nicht«, sprach da der Säufer, »ich trinke alles für euch, und es wird mir noch zu wenig sein.«

Der Zar ließ vierzig Fässer Wein bringen; der Säufer setzte an und trank ohne zu verschnaufen alles auf einmal aus.

»Ach«, jammerte er, »das reicht nicht aus, ich möchte noch mehr!«

Danach befahl der Zar dem Dummkopf, sich für die Hochzeit vorzubereiten. Dazu solle er ins Bad gehen, um sich in einer gußeisernen Wanne zu waschen. Und der Zar befahl, immer heißer und heißer zu heizen, damit der Dummkopf darin in kürzester Zeit ersticken müsse. Da brachten sie das Bad herrlich zum Glühen. Der Dummkopf kam, um sich zu waschen, und mit ihm kam der Gefährte mit seinem Stroh, das ausgestreut werden mußte. Die Leute des Zaren sperrten sie in das Bad. Der Gefährte streute sein Stroh aus und machte es so kalt, daß sich der Dummkopf nur mit Mühe waschen konnte, weil das Wasser in der gußeisernen Wanne zu frieren begann. Er kroch auf den Ofen und dort schlief er die ganze Nacht. Am Morgen öffneten sie das Bad, aber zu ihrer aller Überraschung lag der Dummkopf lebendig und gesund auf dem Ofen und sang ein Lied.

Sie machten dem Zaren davon Mitteilung. Der wurde darüber traurig, denn er wußte keinen Ausweg mehr, um den unliebsamen Schwiegersohn loszuwerden. Er dachte und dachte und schließlich befahl er, ihm auszurichten, daß er ein ganzes Regiment Soldaten herbeischaffen müsse. Bei sich dachte er: »Woher soll dieser Tölpel ein ganzes Regiment herbekommen! Ich selbst könnte das nicht.«

Wie sollte das unser Dummkopf wissen, er erschrak natürlich und klagte jämmerlich: »Jetzt bin ich gänzlich verloren! Meine Brüder, mehr als einmal habt ihr mir aus Unheil und Not geholfen. Aber nun ist wohl nichts mehr zu machen.«

»Wie schade«, antwortete der Gefährte mit dem gebündelten Reisig, »daß du mich vergessen hast! Erinnere dich doch, daß ich Meister bin für solche Kunststücke. Du brauchst dich nicht zu fürchten.«

Der Diener des Zaren kam und überbrachte dem Dummkopf den Befehl: »Wenn du dich mit der Zarentochter verheiraten möchtest, dann stelle bis morgen ein ganzes Regiment Soldaten.«

»Gut, ich werde es schaffen. Nur, wenn der Zar sich wieder herausredet, dann führe ich Krieg gegen ihn und nehme mir die Zarentochter mit Gewalt.«

Nachts ging der Gefährte mit dem Dummen aufs Feld hinaus, nahm das Bündel Reisig von den Schultern und streute es in alle Richtungen aus. Sofort erschienen zahllose Soldaten und Pferde, Fußtruppen und Kanonen.

Am Morgen, als der Zar das alles sah, erschrak er sehr. Rasch ließ er dem Dummkopf herrliche Kleider und wertvollen Schmuck schicken und befahl, ihn an den Hof zu bitten, damit er sich mit seiner Tochter vermählen solle. Der Dummkopf freute sich sehr über seine neue Ausstattung, die ihn so schön machte, wie man es nicht sagen kann. So erschien er beim Zaren, heiratete die Zarentochter, erhielt eine königliche Mitgift und wurde verständig und scharfsinnig. Der Zar und die Zarin liebten ihn sehr, und seine junge Frau hatte an dem Dummkopf mit dem fliegenden Schiff einen Narren gefressen.

[Russisches Märchen]

[Aus dem Russischen übersetzt von Constance Ott-Koptschalijski]

Nachwort

»... Er las dann ein wenig in seinem Buch und rief: ›Sandja! Beflügelter Sandja!‹ Da stieg ein Rauch aus dem Buch gen Himmel, der sich sammelte und die Gestalt eines Geistes annahm, so groß wie der höchste Dattelbaum; er hatte drei Flügel, welche, wenn er sie ausbreitete, wie Segel eines großen Schiffes aussahen. ›Sandja!‹, rief Mahmud dem Geiste zu, ›nimm Heifa auf den Rücken und trage sie nach dem goldenen Schloß auf dem Luftberg.‹ Heifa nahm Abschied von uns, und Sandja flog mit ihr davon.« – So steht es in dem langen Märchen über ›Die Abenteuer des Fischers Djaudar aus Kahira‹ in den arabischen Erzählungen aus ›Tausendundeine Nacht‹.

Phantastische Flüge und abenteuerliche Luftfahrten kommen in vielen Märchen vor, manchmal spielen sie eine so zentrale Rolle, daß wir von *Flugmärchen* sprechen.

Fliegen heißt Erhebung vom Erdboden und Bewegung durch den Luftraum. Die Luft wurde in vielen Kulturkreisen, in China, in Indien und Europa, neben Feuer, Wasser und Erde zu den Urstoffen gezählt. Wie die anderen Elemente dachte man sie sich durch höhere Wesen belebt. Neben den Vögeln fanden dort Luftgeister und halbgöttliche Zwischenwesen Platz. Wolkenformationen, Wind und Sturm, Nordlichter, Spiegelungen und andere Naturerscheinungen trugen zu dieser Imagination bei.

Der Luftraum hatte einen bestimmten Stellenwert in der Kosmologie. Viele archaische Gesellschaften haben die Vorstellung eines dreigeteilten Kosmos entwickelt, be-

Victorin entführt seine geliebte Christine

stehend aus stockwerkartig übereinandergelagerten Schichten: den Lebensraum des Menschen umrahmt von einer Oberwelt und einer Unterwelt. Auch das Christentum kennt noch das Schema Himmel – Erde – Hölle. Viele Legenden berichten von der Erschaffung dieser dreigeteilten Welt durch die Trennung früher verbundener Spähren. Ein babylonischer Weltschöpfungsmythos berichtet von einer Zeit, »in welcher das All Finsternis und Wasser war, und darin seien wunderbare Lebewesen von eigenartigen Gestalten entstanden, zweiflügelige Menschen, einige aber auch vierflügelig und zweigesichtig, auch solche, die einen Leib, aber zwei Köpfe hatten, einen männlichen und einen weiblichen, und ebenso doppelte Schamteile ...«

Über all diese Kreaturen herrschte ein weibliches Wesen, das von Gott *Bel* getötet und aus deren Körper Himmel, Erde und Unterwelt geschaffen wurde. Der Abstand der Weltenteile trennt die Menschen von den Göttern.

Manchmal wurde eine solche Trennung der ursprünglich zusammenhängenden Sphären als Folge einer Urkatastrophe interpretiert. Viele Mythen haben die erneute Verbindung von Erde und Oberwelt zum Gegenstand: Weltachse, Weltenbaum und Weltenberg, Himmelsleiter, Pfeilketten und Seile; ja sogar schnellwachsende Bohnenranken und Kürbisstauden, Lianen oder der Regenbogen stellen in Mythen und Märchen für kurze Zeit eine mechanische Verbindung der getrennten Sphären wieder her. Diese Verbindungen können durch Ungeschicklichkeit oder rituelle Fehler abbrechen, und es gelingt nur einzelnen, mit besonderen Fähigkeiten ausgestatteten Individuen, die Verbindung aufrechtzuerhalten. Der kosmologische Zusammenhang ist bedeutsam, denn unter den Flugvorstellungen spielt immer wieder die Fahrt in den Himmel und komplementär dazu die Fahrt in die Unterwelt eine Rolle.

Der kosmologische Zusammenhang der Flugvorstellungen ist am ehesten in den Kulturen mit schamanistischer Tradition gewahrt. Schamanen waren auserwählte Personen, die im Auftrag ihrer Gemeinschaft zu höheren Mächten in Kontakt traten. Diese Kontaktaufnahme geschah nicht selten durch eine Ortsveränderung, die real oder in Form der Seelenreise in den Himmel, in ferne Gegenden oder unter die Erde führen mußte. Die Fähigkeit zum »magischen Flug« ist geradezu der Legitimationsnachweis für den Schamanen als spirituellen Führer seiner Gemeinschaft, und es gibt zahlreiche Schilderungen von solchen schamanischen Flügen in die »Oberwelt«. Nach ihrer »Rückkehr« berichteten die Schamanen von ihren Erlebnissen, die für real gehalten wurden, und selbst die Zuschauer der ekstatischen Entrückung waren überzeugt, daß der zurückgebliebene Körper des Schamanen nicht mehr er selbst war, sondern nur eine Hülle oder ein Hilfsgeist, der an seine Stelle getreten war. Selbst bei Machtkämpfen zwischen konkurrierenden Schamanen spielte der Nachweis der Flugbefähigung eine Rolle. Das Eskimo-Märchen *Der Wettstreit der Zauberer* zeigt, daß dieser Sachverhalt auch in den Erzählungen zum Ausdruck kommt. Ganz selbstverständlich wurde von den Schamanen erwartet, daß ihre Flugfähigkeit praktische Vorteile erbrachte. In der Erzählung *Die wunderbaren Flüge von Angákerduak* werden günstige Siedlungsplätze im Flug erkundet.

Die frühesten Flugdarstellungen auf steinzeitlichen Felsmalereien, beispielsweise in der Libyschen Wüste, denkt man sich in schamanistischem Umkreis angesiedelt. Als Schamane interpretiert worden ist der älteste namentlich bekannte »Flieger« der Weltliteratur: der babylonische *König Etana,* eine mythische Heldenfigur aus dem 3. vorchristlichen Jahrtausend. Von seinem Ruhm künden mehrere Epenfragmente und Rollsiegel-Abbildungen. Die Taten dieses Kulturheroen waren in der berühmten Tontafelbibliothek des *Königs Assurbanipal* (669–626 v. Chr.) aufgezeichnet. Einige Märchenmotive sind im *Etana-Epos* erstmals nachweisbar, darunter der Flug auf dem Adler und die Reise in den Himmel. *Etana* sucht nach dem »Kraut des Gebärens«, das er im Himmel der Göttin *Ischtar* zu finden hofft. Ein Adler, den *Etana* vor einer Schlange gerettet hat, trägt ihn zum Dank auf seinem Rükken in die Lüfte und bis in den Himmel. Nach dem bisherigen Stand der Forschung liegen die Schwerpunkte der Verbreitung des Etana-Motivs in Südarabien, auf dem Balkan und in einer breiten Zone von Süd- und Nordrußland bis nach Skandinavien.

Der Adler gilt als König der fliegenden Tiere, als Begleiter eines Gottes oder sogar als Göttersymbol. Höchste Götter erscheinen wie *Zeus* in Adlergestalt. In vielen Gesellschaften wurde der Adler zum Machtsymbol schlechthin, vom persischen Weltreich bis zum habsburgischen Imperium. Zahlreiche Länder führen den Adler heute noch im Staatswappen. Das Motiv vom hilfreichen Adler ist in der Märchenliteratur weit verbreitet. Als Nebenmotiv erscheint der dankbare Tragevogel in dem indischen Märchen *Geiramma, die Brahmanentochter.*

Nach *Etana* als fliegerischem Archetyp finden sich mehrere Abwandlungen dieses Motivs im Mittelmeerraum, die durchaus unabhängig voneinander entstanden sein könnten: Da ist einmal ein anderes geflügeltes Tier, allerdings keines, wie es die Natur kennt, sondern eines, das als mythisch-magischer »Helfer« auftritt: das Flügelpferd, das aus zahlreichen mythischen Darstellungen bekannt ist. Hierzu zählt das geflügelte Pferd *Pegasus,* das dem griechischen Helden *Bellerophon* zum Fliegen dient. Die Pegasus-Mythe ist seit dem 7. vorchristlichen Jahrhundert belegbar. Inwieweit sie auf die vielen Flügelpferd-Märchen eingewirkt hat, ist noch nicht untersucht worden. Jedenfalls findet sich der Flug von Zauberpferden in zahlreichen Märchen als Nebenmotiv; im Zentrum steht es in der arabischen *Geschichte vom Zauberpferd* aus den Märchen aus *Tausendundeine Nacht.*

Die bekannteste archetypische Flugvorstellung ist die Mythe von *Daidalos* und *Ikaros:* Um dem Labyrinth des kretischen Königs *Minos* zu entkommen, fertigt *Daidalos* Flügel aus Vogelfedern an, mit deren Hilfe er und sein Sohn sich aus eigener Kraft in die Lüfte erheben. *Ikaros* verliert jedoch das rechte Maß, fliegt zu hoch hinaus und an der Sonne schmilzt das Wachs, das die Flügel zusammenhält. Hier klingt wie schon bei *Bellerophon* das Motiv der bestraften Überheblichkeit an. *Ikaros* stürzt in das nach ihm benannte »Ikarische Meer« – aber der Vater entfliegt erfolgreich seinem Gefängnis. *Daidalos* kann als Archetyp für alle Kulturheroen gelten, die mit künstlichen Flügeln aus Federn fliegen, auch wenn wieder gilt: Ähnliche Motive, wie zum Beispiel die artverwandte germanische Sage *Wieland der Schmied* oder die Federkleider in den Märchen können unabhängig voneinander entstanden sein.

Eine Kombination von Adlerflug und selbstgefertigtem Fluggerät, gleichzeitig aber auch den Archetyp einer »Flugmaschine« bieten die Erzählungen aus dem persisch-griechischen Raum über die Himmelsreise *Alexanders des Großen* (356–323 v. Chr.) bzw. die Luftfahrt des legendären persischen Schahs *Kei Ka'us.* Beide ließen sich ein Fluggerät anfertigen, das von vier Greifenvögeln getragen wird, die der Lenker von seinem Thron aus über eine Vorrichtung dirigieren kann. Der »Alexanderflug« hat in der europäischen und orientalischen Literatur des Mittelalters nachhaltigen Einfluß ausgeübt. Vermutlich hat besonders diese Episode das Vorbild für die eurasiatischen Märchenflüge geliefert. Jedenfalls ließ sie sich auf andere legendäre

Daidalos und Ikaros

Könige übertragen, beispielsweise auf den alttestamentarischen *König Salomon.* Die Alexandersage spiegelt ein im Schamanismus bekanntes Doppelerfordernis wider: Der kundige Führer muß imstande sein, den ganzen Erdkreis auszumessen, er fährt zum Beweis seiner Kraft in die Unterwelt und fliegt in den Himmel.

Die Stellung der Hochreligionen zur Flugthematik ist unterschiedlich. In polytheistischen Systemen gilt die Flugfähigkeit als göttliches Attribut, die babylonische Fruchtbarkeitsgöttin *Ischtar* kann dafür ebensogut als Beispiel gelten wie der falkengestaltige ägyptische Gott *Horus* oder der griechische Himmelsgott *Zeus*. Daneben bevölkern Halbgötter und Zauberer wie *Ganymed* oder *Medea* den Himmel. In den sogenannten Hochreligionen werden Flugeigenschaften oder Himmelfahrten häufig Religionsgründern und Propheten zugeschrieben. Die dogmatisch-monotheistischen Systeme waren dem Fliegen weniger zugeneigt. Im Christentum wird das göttliche Attribut »Fliegen« monopolisiert: Nur der Gottessohn *Jesus Christus* steigt in den Himmel auf, während der »Magier« *Simon* bei seinem öffentlichen Flugversuch in Rom von dem Apostel *Petrus* durch Anrufung seines Gottes zum Absturz gebracht wird. Dogmatisch wurde damit jede Flugmöglichkeit für den Menschen bestritten, selbst die »Himmelfahrt« *Mariae* gilt der katholischen Kirche nicht als »ascensio«, sondern als »assumptio«, als bloß passive »Aufnahme« in den Himmel. In der Volksüberlieferung war man hier stets anderer Ansicht. Zahlreiche christliche Legenden des Mittelalters wurden mit Flugwundern angereichert, um die Heiligen als Vorbilder dem Volk schmackhafter zu machen. Und ihre Flüge konkurrierten stets auch mit volkstümlichen Flugvorstellungen von den »Guten Frauen«, der »Wilden Jagd« oder den Abenteuern des *Dr. Faustus*, von denen wir die Geschichte *Wie Dr. Faustus in das Gestirn hinauf gefahren* ausgewählt haben.

Flugerzählungen fanden selbst in die Texte von mittelalterlichen Klerikern Eingang. Ein interessantes Beispiel ist eine Geschichte des Erzbischofs *Agobard von Lyon* aus dem frühen 9. Jahrhundert. Sie beschäftigt sich mit dem

Alexanders Greifenflug

Aberglauben des einfachen Volkes in Südfrankreich, daß es Schiffe gäbe, die aus den Wolken kommen, um die Feldfrüchte ins Land Magonia zu entführen. *Agobard* hielt diesen Glauben für Verblendung. Insbesondere kritisierte er, daß vom Volk angebliche Luftschiffer gesteinigt werden sollten, die aus diesen Schiffen gefallen seien. Er konnte ihre Hinrichtung verhindern, aber der Glaube an die Existenz der Luftschiffe lebte im Volk weiter. Rund vierhundert Jahre später taucht das Motiv der Luftschiffer in den Wundergeschichten des *Gervasius von Tilbury* (ca. 1150–1220) wieder auf. Für ihre Realität führt er folgendes Exempel an: An einem trüben, nebligen Tag in England sahen die Leute, die gerade aus der Dorfkirche kamen, wie sich ein Anker aus der Luft herabsenkte. Das Ankertau wickelte sich mehrmals um einen Stein, so daß es sich nicht mehr lösen ließ. Die Kirchengemeinde hörte Stimmen von Luftschiffern, bis schließlich einer an dem Seil herabkletterte. Als die Umstehenden versuchten, den Mann festzuhalten, starb er. Nach einer Stunde, als die Luftschiffer bemerkten, daß ein Unglück geschehen sei, durchtrennten sie das Seil und fuhren weiter. Der Anker blieb zurück, und die Kirchengemeinde ließ daraus, so fabuliert *Gervasius*, eine neue Kirchentür schmieden. Das Motiv des Luftschiffes wurde im europäischen Spätmittelalter skeptisch gesehen, wie seine Aufnahme in das Genre der »Narrenliteratur« zeigt.

Das Weiterleben solcher Motive von fliegenden Schiffen und die Entstehung von neuen Flugsagen und -märchen wird durch moderne Parallelen beleuchtet. *Michel Meurger* hat in einem Aufsatz dargelegt, daß Flugschiffgeschichten nicht nur in Europa und in den amerikanischen Kolonien im 17. Jahrhundert immer wieder neu entstanden sind, sondern daß dies bis zur Gegenwart unter Einbeziehung neuer technischer Details, aber auch alter Überlieferungen, geschieht. Während einer Welle von angeblichen Beobachtungen geheimnisvoller Luftschiffe in den Jahren 1896/97 kursierte in der US-Presse eine Geschichte, nach der ein Aeronaut einen Anker verloren habe. Die Zeitung ›Houston Press‹ forderte ihre Leser auf, den Anker bei den Schmieden Elliott und Smith in Merkel

Flug des Abu'l Quasim im mittelalterlichen Cordoba

(Texas) zu besichtigen. *Meurger* hebt hervor, daß bei der Stoffauswahl in den heutigen Massenmedien auflagenträchtige Sensationsnachrichten Vorrang haben. Ähnliche Motive könnten auch bei der Stoffwahl durch Märchenerzähler oder Exempelsammler wie *Gervasius von Tilbury* eine Rolle gespielt haben. Das Motiv des Luftschiffes, dessen Anker sich an einer Kirche verhakt, findet sich immer wieder in europäischen Sagen. Vor allem im slawischen Bereich gehört *Das Luftschiff* zum traditionellen Märchenrepertoire.

Reale technische Flugversuche hat es immer wieder gegeben. Aus dem kaiserzeitlichen Rom sind mehrere Flugversuche überliefert, darunter von *Sueton* einer, bei dem sich »ein Ikaros« im Stadion vor Kaiser *Nero* »gleich zu Beginn seines Fluges« zu Tode stürzte. Wir kennen auch Flugversuche aus dem arabischen Cordoba, aus dem mittelalterlichen Persien und aus der oströmischen Hauptstadt Byzanz. Selbst aus dem mittelalterlichen Europa hört man immer wieder von mehr oder weniger legendären Flügen. Berichte von Gleitflugversuchen über dem Trasimeno-See im Italien des späten 15. Jahrhunderts klingen schon recht realistisch. Etwa gleichzeitig entstanden die konstruktiven Entwürfe *Leonardo da Vincis* (1452–1519) von möglichen Flugmaschinen. Von Flugversuchen zu dieser Zeit wissen wir auch aus England und Deutschland. Die abstürzenden Gleitflieger zogen sich regelmäßig literarischen Spott zu. Mit dem ›Pfaffen vom Kahlenberg‹ und *Till Eulenspiegels* angekündigtem Flugversuch vom Magdeburger Rathaus wird die Leichtgläubigkeit der Zeitgenossen satirisch aufs Korn genommen. Lügenmärchen vom Fliegen gibt es in der europäischen Literatur mit *Lukian von Samosatas* ›Ikaromenippus‹ und der ›Wahren Geschichte‹ seit der Antike. Solche Lügenmärchen waren immer auch Gesellschaftssatire. Besonders gelungen erschien uns *Der Narr, der in den Himmel wollte,* der selbst Mönchen einen Weg in den Himmel zu eröffnen scheint, wenn auch mit durchaus unorthodoxen Methoden.

Daß Vögel fliegen und als Tragetiere dienen können, ist naheliegend. Naturgemäß waren es die großen Vögel, die die Phantasie angeregt haben, der Adler in Eurasien und Nordamerika, der Geier in Südamerika. Auch legendäre Vögel wie der Vogel Rock im Orient oder der Göttervogel Garuda im Fernen Osten kamen selbstverständlich in Frage. Nicht umsonst tragen manche Fluglinien mythologische Tragevögel im Emblem: Die *Garuda Airlines* in Indonesien oder die deutsche *Lufthansa* mit dem Kranich als Firmensymbol. Neben den Tragevögeln wird in Märchen und Mythen jedoch eine ganze Reihe weiterer Tiere mit Flugkraft begabt. Auf die fliegenden Pferde sind wir schon eingegangen. In orientalischen Märchen findet sich dieses Motiv auf Elefanten übertragen. Die fliegenden Elefanten mögen europäischen Lesern fremd vorkommen, sie hängen jedoch mit religiösen Vorstellungen zusammen. In *Geiramma, die Brahmanentochter* ist es der Elefant des Gottes *Indra*, der jede Nacht zur Erde geflogen kommt. Mit den fliegenden Drachen verfügt Eurasien über eine lange Tradition mythischer Flugungeheuer. So können wir uns in den Schrecken des australischen Jägers einfühlen, der von einem »fliegenden Taniwha« in die Lüfte entführt und zu einer fernen Insel geflogen wird, bevor er am Ende mit Hilfe der Feder-Magie selbst die Flugfähigkeit erlangt.

Nicht wenige Flugmärchen enthalten Phantasien über selbstgefertigte technische Flugvorrichtungen. Flügelpaare aus Federn, hölzerne Zauberflügel und hölzerne Flugpferde, wie in dem deutschen Märchen *Vom Königssohn, der fliegen gelernt hatte*, sind ebenso vertraut wie künstliche Vögel. Etwas aus dem Rahmen fällt die Geschichte von *Pipi Korovu, dem Schmetterlingsmann*, obwohl auch hier auf den Bau der Flug-Maske eingegangen wird. Mitunter enthält die Beschreibung der »Flug-Zeuge« technische Details: Die hölzerne Taube ist durch Höhen- und Seitenruder lenkbar. In einem russischen Märchen erklärt der zweite der drei kunstreichen Handwerker, die einen hölzernen Adler bauen: »Ich würde aber dazu eine Schraube anfertigen, damit er fliegen könnte; drehte man sie nach links, flöge er nach unten, nach rechts, flöge er nach oben.« Das Flugpferd aus Ebenholz in der *Geschichte vom Zauberpferd* wurde über arabische Quellen nach Europa vermittelt. In dem hochmittelalterlichen altfranzösischen Roman ›Cleomades‹ wird das Flugpferd über stählerne Zapfen an Stirn und Brust gesteuert, die von dem Helden einzeln auf ihre Funktion überprüft werden. Die von uns gesichteten Märchen-

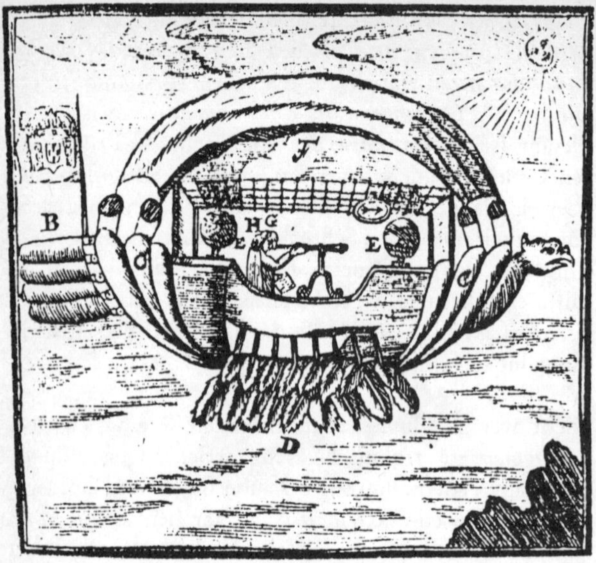

Die »Passarola« des Laurenco de Gusmao

sammlungen vermitteln den Anschein, daß solche technischen Flugvisionen vor allem in Europa und Asien verbreitet waren.

Die Art der Flugrequisiten hängt von der jeweiligen Kultur ab. »Flugringe« wie in dem Märchen *Geiramma, die Brahmanentochter* gehören fast auf der ganzen Welt zum magischen Repertoire. Fliegende Wagen sind nur in Gebieten verbreitet, deren Sachkultur Rad und Wagen kannte, auch wenn, wie im Fall der Zauberin *Medea*, der Himmelswagen von Drachen durch die Lüfte getragen wird. *Dr. Fausts* vierrädriger Himmelswagen in der Erzählung *Wie Dr. Faustus in das Gestirn hinauf gefahren* war mit zwei Drachen bespannt. Die Räder rauschen in der Luft und geben Geräusche von sich wie bei einer Fahrt über Land, haben aber eigentlich keinen Zweck, sie geben nur »Feuerströme« von sich. Der Ethnologe *Bronislaw Malinowski* schildert in ›Argonauten des westlichen Pazifik‹ die Mythe vom Bau eines fliegenden Kanus. »Fliegebeutel« sind außerhalb Ozeaniens praktisch unbekannt. Fliegende Koffer, Teppiche und Kaftane, wie in dem Märchen *Der fliegende Kaftan*, findet man mehr im arabisch-orientalischen Bereich, fliegende Betten und Mantelfahrten dagegen als kulturspezifische Variante im europäischen Bereich. Allerdings sind die Übergänge bei den einfachen sachkulturellen Gegenständen fließend. Flugmäntel sind nicht nur ein Sagen- und Märchenmotiv, sondern sie haben reale Entsprechungen in schamanistischen Zeremonien. Der russische Ethnologe *S. M. Shirokogoroff* wies darauf hin, daß bei bestimmten Volksstämmen nicht nur die Begriffe »Adler« und »Schamane« austauschbar waren. Das Schamanengewand, der Mantel mit Fransen, Adlerfedern und -klauen, symbolisiert den Vogelcharakter des Trägers, wie beispielsweise bei den Tungusen und Ostjaken des Jenissei-Gebiets.

Die magische Bedeutung des Federkleides oder von Federn überhaupt ist auf der ganzen Welt verbreitet gewesen und steht mit Flug- oder Himmelfahrtsvorstellungen in Verbindung. In einer Legende fliegt eine Schamanin in die Luft davon, sobald sie die magische Feder erlangt hat, ein Motiv, das im australischen Märchen *Der fliegende Taniwha* wiederkehrt. Ein Vogelkostüm war für den Schamanenflug in die »andere Welt« unentbehrlich. In diesem Zusammenhang steht der Federschmuck sibirischer Zauberer ebenso wie die Federkronen indianischer Häuptlinge und Medizinmänner. Federn und Flügel verweisen auf über das normale menschliche Maß hinausgehende Kräfte. Götter, wie der als gefiederte Schlange dargestellte mexikanische Gott *Quetzalcoatl*, Halbgötter wie *Hermes* mit den Flügelschuhen, und Genien, wie die geflügelten

Stiere des Zweistromlandes verdeutlichen das auf verschiedenen Ebenen. In diesen Zusammenhang ordnet sich das in vielen Kulturkreisen bekannte »Schwanenjungfrau«-Motiv ein [siehe: Sigrid Früh, *Märchen von Schwanenjungfrauen und verzauberten Jünglingen*, Fischer Taschenbuch Band 2878]. Das Grundgerüst der Handlung besteht darin, daß halbgöttliche Wesen in Vogelgestalt zur Erde fliegen, um in einem abgelegenen Gewässer zu baden. Dazu legen sie ihre Flügelkleider ab und werden zu schönen Frauen. Der Held ist bezaubert von ihrer Schönheit. Er gewinnt eine der Frauen, indem er ein Flügelkleid raubt. Die Schwanenjungfrau kann sich nicht zurückverwandeln und wird seine Frau, solange, bis sie das versteckte Federkleid durch einen Zufall zurückgewinnt. Dann kehrt sie in den Himmel zurück.

An das »Vogelmenschen«-Motiv knüpfen sich oft weitere Flugmotive. Der verlassene Held versucht in der Regel, seine Frau zurückzugewinnen. Ohne selbst göttliche Eigenschaften zu besitzen, muß er Flugfähigkeiten erwerben. In einem Indianermärchen fertigt sich der Held dazu Flügel aus Blättern, in einem bulgarischen Märchen gelangt der verlassene Hirte mit Hilfe eines Adlers als Tragevogel in das Land der slawischen Feen, der *Samovilen.* In dem südindischen Drawida-Märchen *Geiramma, die Brahmanentochter* dient ein dankbarer Adler als Retter in der Not. In der südamerikanischen Taulipang-Mythe *Der Flug in den Himmel des Königsgeiers* bringen die Söhne des Königsgeiers ihrem menschlichen Schwager ein Federkleid, und seine Vogelfrau unterstützt ihn beim Aufstieg in den Luftraum. Bei der Vogelverwandlung handelt es sich um Menschen, die sich nur vorübergehend zur Erreichung eines bestimmten Zieles, das sie nur fliegend erreichen können, einer Metamorphose unterziehen. Deutlich wird dies bei den Schamanen, die sich, um zu fliegen, in *Der Wettstreit der Zauberer* in Gänse verwandeln. Auch andere Vögel können dem Zauberkundigen ihren Körper leihen. In dem sibirischen Märchen *Der Zauberspruch* sind es nacheinander Taube, Habicht und Papagei, die nach der Anwendung von Wortmagie der Seele des Fürsten ihre Körper als »Flugzeuge« zur Verfügung stellen müssen, in dem südamerikanischen Märchen *Der Flug in den Himmel des Königsgeiers* sind es Geier und Nachtigall, die dem Zauberer ihre Federkleider freiwillig zur Verfügung stellen.

In mehreren Kulturkreisen nehmen Menschen die Gestalt von Krähen an. In dem australischen Aborigines-Märchen *Die schwarzen Schwäne* hilft eine in eine Krähe verwandelte Trickster-Gestalt fremden Kriegern, sich in Schwanenbrüder zu verwandeln, um die Herrinnen der Waffen zu überlisten.

Flugerzählungen in ihrer schamanistischen Variante weisen oft einen verdeckten »religiösen« Bezug auf. Doch eine Säkularisierung des Fliegens ist in vielen Kulturen zu beobachten. Der profane Zweck der Erkundung spielt bei den Schamanenreisen wie in *Die wunderbaren Flüge des Angákerduak* ebenso eine Rolle wie bei den legendären Königen und der Schlüsselerzählung der europäischen Neuzeit, dem Volksbuch von *Dr. Faustus.* Als Triebfeder, das Fliegen beherrschen zu können, kehrt das Motiv der Suche nach der rechten Braut und deren Heimführung wieder. Hier ist das Flugmotiv zentral. Die Braut lebt in einer entfernten Weltgegend, in einer anderen Weltensphäre oder auch nur in Gefangenschaft auf einem Turm. Der Held muß die Distanz zur Braut überwinden. Dazu stehen drei Möglichkeiten zur Verfügung: Zum einen kann er die Gestalt eines Vogels annehmen. Diese »Vogelverwandlung« gilt in der Märchenforschung als die archaischste Lösung des Problems. Als zweite Möglichkeit kennt das Märchen die Mithilfe von geflügelten Tieren,

Adler als Tragetier. Treibarbeit auf Goldkrug

etwa eines »dankbaren Adlers« wie in *Der Prinz mit den Granatapfelzähnen.* Eine dritte Entwicklungsstufe des Motivs wird im Auftauchen technischer Requisiten gesehen.

In Teilen der Märchenforschung hat man das Flugmotiv nur als Chiffre sehen wollen. *Lutz Röhrich* hat das Fliegen im Märchen auf ein »Traummotiv« reduzieren wollen, und *Hedwig von Beit* hat Flugreisen generell als »Seelenreisen« interpretiert. Naturwissenschaftliche Erklärungen gehen manchmal von Drogeneinwirkung, Wunschdenken und Zuständen krankhafter Erregbarkeit aus (›Handwörterbuch des deutschen Aberglaubens‹). Dieser Sichtweise folgt offenbar auch die jüngste Märchenforschung. Dagegen muß man sehen, daß die Flugvorstellung mehr ist als bloßes Wunschdenken. Wenn man betrachtet, wer in den Märchen fliegt, so sind es oft geistige oder weltliche Führer, Trickster-Gestalten wie *Wahn* in dem Märchen *Die schwarzen Schwäne.*

Die Episode über die schwarzen Schwäne ist dem Mythenzyklus des *Wahn* entnommen. Wahn ist eine Trickster-Figur, ein besonders begabter Mensch, der wegen seiner respektlosen Streiche von dem Vatergeist *Baiame* in eine Krähe verwandelt worden ist. Am Ende seiner zahlreichen Abenteuer wird Wahn zum Stern und damit selbst zum Himmelsgeist. Als Stern lächelt er nun über die Streiche, die sich die Menschen gegenseitig spielen. In Stammesgesellschaften werden den Ahnherren Flüge zugesprochen, die manchmal direkt mit der Stammesgründung zusammenhängen. Ein Stereotyp ist die Geschichte vom Helden aus unterer sozialer Schicht, der von seiner Umgebung als Narr betrachtet wird und der durch den Bau eines Fluggerätes zu höchster Anerkennung aufsteigt, was meist durch die Hochzeit mit der Prinzessin zum Ausdruck gebracht wird. Durch den Bau des *Luftschiffs* gewinnt der Dummkopf die Hand der Prinzessin und steigt am Ende zum König auf. Es ist auffallend, daß selbst in historischen Gesellschaften Flugeigenschaften auf spirituelle Führer wie *Buddha* oder große Könige projiziert worden sind, und es ist wohl kein Zufall, daß die christliche Theologie versucht hat, alle Luftfahrtgeschichten neben *Christi* Himmelfahrt zu dämonisieren, wie dies bei den Hexen der Fall war. So muß man wohl zu dem Schluß kommen, daß auch vor dem ersten Ballonaufstieg der Brüder *Montgolfier* im Jahre 1783 Flüge für viele Menschen Realität besaßen, auch wenn man sie nicht im nächsten Reisebüro buchen, sondern nur aufgrund persönlicher Fähigkeiten erlangen konnte.

Der Flug des Zauberpferds

Das Fliegen ist mit großer Beharrlichkeit in vielen Kulturkreisen und seit sehr langer Zeit ohne große Skepsis thematisiert worden. Um dies zu zeigen, haben wir in dem vorliegenden Band nicht nur den europäischen Raum berücksichtigt, wo der schamanistische Bezug durch das Christentum seit langem an den Rand gedrängt worden ist. Vielmehr haben wir Texte aus verschiedenen Kulturkreisen gesammelt, um die universale Verbreitung des Flugmotivs und seinen gesellschaftlichen Hintergrund aufzuzeigen. Der Fluggedanke hat die Phantasie der Menschen immer »beflügelt«, und das Märchen hat dem »Traum vom Fliegen« Gestalt verliehen, oder wie es in der arabischen *Geschichte vom Zauberpferd* heißt: »Dann gingen sie leise, ohne daß die Mädchen etwas merkten, hinaus und kamen so auf die Terrasse und stiegen beide auf das Ebenholzpferd. Der Prinz rieb dann den Wirbel, worauf das Pferd wie ein Vogel durch die Lüfte flog...«

Wien und München,
im Frühjahr 1989

Constance Ott-Koptschalijski
und Wolfgang Behringer

Quellenverzeichnis

Der Wettstreit der Zauberer

Castrén, M. A., ›Ethnologische Vorlesungen über die altaischen Völker‹, St. Petersburg 1857. – Gekürzt, betitelt und sprachlich überarbeitet

Die wunderbaren Flüge von Angákerduak

Barüske, H. (Hg.), ›Eskimo-Märchen‹, Düsseldorf 1969. – Titel im Original: *Die wunderbaren Flüge von Angákerduaq*. »Angakok« ist ein Eskimo-Wort für Zauberer bzw. Schamane

Geiramma, die Brahmanentochter

Schulze, P. (Hg.), ›Drawida-Märchen der Kuwi-Kond‹ (Süd-Indien), München 1922. Originaltitel: *Geiramma.* Sprachlich überarbeitet

Der Narr, der in den Himmel wollte

Hertel, J. (Hg.), ›Bunte Geschichten vom Himalaja. Novellen, Schwänke und Märchen von Samoveda aus Kaschmir‹, München 1903. Titel im Original: *Der Mönch auf der Himmelsreise*

Wie Dr. Faustus in das Gestirn hinauf gefahren

›Historia von D. Johann Fausten‹, 1587. Sprachlich leicht modernisiert

Die schwarzen Schwäne

Reed, A. W. (Hg.), ›Am Anfang war die Traumzeit. Legenden und Mythen der Aboriginals‹, Köln 1981 (EA: ›Aboriginal Myths – Tales of the Dreamtime‹, Sydney o. J.)

Der Zauberspruch

Radloff, W., ›Proben der Volksliteratur der türkischen

Stämme Süd-Sibiriens‹, 4. Bd., St. Petersburg 1872. – Leicht überarbeitet

Der Flug in den Himmel des Königsgeiers

Koch-Grünberg, Th. (Hg.), ›Vom Roroima zum Orinoco. Ergebnisse einer Reise in Nordbrasilien und Venezuela in den Jahren 1911–1913‹, Bd. 2, ›Mythen und Legenden der Taulipang- und Arekuna-Indianer‹, Stuttgart 1924. Titel im Original: *Der Besuch im Himmel.* Sprachlich bearbeitet und gekürzt. Umständliche Wiederholungen wurden getilgt, einige indianische Ausdrücke in Übersetzung wiedergegeben

Der fliegende Taniwha

Reed, A.W. (Hg.), ›Myths and Legends of Maoriland‹, Sydney 1954. – Titel im Original: *The flying Taniwha.* Übersetzt von Wolfgang Behringer

Der Prinz mit den Granatapfelzähnen

Borcherding, G. (Hg.), ›Granatapfel und Flügelpferd‹, ›Märchen aus Afghanistan‹, Kassel 1975

Vom Königssohn, der fliegen gelernt hatte

Strackerjan, L. (Hg.), ›Aberglaube und Sagen aus dem Herzogthum Oldenbourg‹, 2. Bd., Oldenbourg 1867. Sprachlich überarbeitet

Pipi Korovu, der Schmetterlingsmann

Schild, U. (Hg.), ›Märchen aus Papua-Neuguinea‹, Düsseldorf/Köln 1977. Titel im Original: ›Pipi Korovu‹

Der fliegende Kaftan

Barag, L. G. (Hg.), ›Belorussische Märchen‹, Berlin 1967

Die Geschichte vom Zauberpferd

›Tausendundeine Nacht‹. Aus dem Arabischen übersetzt von G. Weil, Breslau 1865. Gekürzt

Das Luftschiff

Afanasiev, A. N. (Hg.), ›Narodnyia rousskiia skazki‹, Moskau 1863, 8 Bde. – Titel im Original: *Letjutschi Korabel* (Das fliegende Schiff). Aus dem Russischen übersetzt und bearbeitet von Constance Ott-Koptschalijski

Bildnachweis

(Teil I) *Mythologische Darstellung eines Flugversuchs mit Vogelschwingen*
Kupferstich, um 1650; Bildarchiv Deutsches Museum

(Teil II) *Die Vogelmenschen*
Restif de la Bretonne, La Découverte Australe, Paris 1781

(Teil III) *Adlerflugzeug des Perserkönigs Xerxes*
Kupferstich, um 1690; H. Turnor, Astra Castra, 1865

(1) *Victorin entführt seine geliebte Christine*
Restif de la Bretonne, La Découverte Australe, Paris 1781

(2) *Daidalos und Ikaros.*
Kupferstich von ca. 1690; H. Turnor, Astra Castra, 1865

(3) *Alexanders Greifenflug*
Historienbibel der Zentralbibliothek Solothurn, Ende 15. Jh.

(4) *Flug des Abu' l Quasim im mittelalterlichen Cordoba*
J. Thyraud, Der fliegende Mensch, Bern 1978

(5) *Die »Passarola« des Laurenco de Gusmao*
Lissabon 1709; Valentini, M. B., Museum Museorum, III, Frankfurt 1714

(6) *Adler als Tragetier,*
Treibarbeit auf Goldkrug 7 des Schatzfundes von Nagyszentmiklós; Kunsthistorisches Museum Wien

(7) *Der Flug des Zauberpferds*
›Tausendundeine Nacht. Arabische Erzählungen, Breslau 1865

MÄRCHEN DER WELT

Band 2890

Band 2891

Band 2892

Band 2893

Band 2894

Band 2895

fi 144/8a

MÄRCHEN DER WELT

Band 2896

Band 2897

Band 2898

Band 2899

Band 2889

Band 2900

FISCHER

fi 144/5b

Märchen der Welt

Märchen von Vätern und Töchtern

Herausgegeben von
Renate Greinacher
Band 2886

Daß die Beziehung zwischen Vätern und Töchtern ambivalent und facettenreich ist, zeigen schon Mythen aus der Antike. Der Band trägt zu diesem Thema Märchen aus aller Welt zusammen und ist in vier Kapitel unterteilt: die besitzergreifende Vater-Tochter-Beziehung; die liebevolle Vater-Tochter-Beziehung; die schwachen und lieblosen Väter; selbstbewußte, aktive Töchter.

Märchen von Mördern und Meisterdieben

Herausgegeben von
Volker Ladenthin
Band 2887

In zahlreichen Märchen treiben Mörder, Diebe, Räuber und anderes grausame Gesindel ihr Unwesen, deren Vergehen »oft die Sonne an den Tag bringt«. Eine andere Spezies sind die Schelme und Meisterdiebe. Sie genießen die Bewunderung – für die Geschädigten bleibt der Spott.

Fischer Taschenbuch Verlag

fi 693/1